COLEÇÃO MUNDO AFORA

Tatiana Țîbuleac

O verão em que mamãe teve olhos verdes

TRADUÇÃO DO ROMENO
Fernando Klabin

*mundaréu

© Editora Mundaréu, 2021
@ Tatiana Țîbuleac, 2017, por meio de Editura Cartier, SRL (Chișinău, Moldávia)

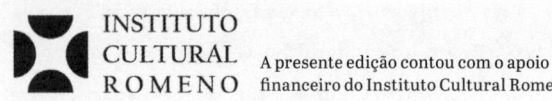

TÍTULO ORIGINAL
Vara în care mama a avut ochii verzi

INSTITUTO CULTURAL ROMENO
A presente edição contou com o apoio financeiro do Instituto Cultural Romeno.

COORDENAÇÃO EDITORIAL E TEXTOS COMPLEMENTARES
Silvia Naschenveng

CAPA
Estúdio Pavio
(a partir do óleo "Duck Hawks", 1822, John James Audubon, Cleveland Museum of Art)

DIAGRAMAÇÃO
Ab Aeterno | Patricia Morezuela Oliveira e Ana Clara Suzano

PREPARAÇÃO
Fabio Fujita

REVISÃO
Ab Aeterno | Karina Danza e Mariana Masotti

Edição conforme o Acordo Ortográfico da Língua Portuguesa (1990).

Dados Internacionais de Catalogação na Publicação (CIP)
Angelica Ilacqua CRB8-7057

Țîbuleac, Tatiana
O verão em que mamãe teve olhos verdes / Tatiana Țîbuleac ; tradução de Fernando Klabin. -- São Paulo : Mundaréu, 2021.
240 p. (Mundo Afora)

ISBN 978-65-87955-06-3
Título original: Vara în care mama a avut ochii verzi

1. Ficção em romeno I. Título II. Klabin, Fernando

21-2179 CDD 859

Índice para catálogo sistemático:
1. Ficção em romeno

2021; 1a reimpressão, 2022; 2a reimpressão, 2023; 3a reimpressão, 2024
Todos os direitos desta edição reservados à EDITORA MUNDARÉU LTDA.
São Paulo — SP
www.editoramundareu.com.br
vendas@editoramundareu.com.br

Apresentação

Péssima mãe e filho terrível que a detesta passam um verão juntos em uma cidadezinha no litoral da França. Ele negociou sua ida e permanência lá, ela sabia que não poderia perder aquela oportunidade.

A partir do rancor e da rejeição, Tatiana Țîbuleac explora as consequências mais profundas e duradouras de situações cotidianas além do nosso controle e a imprevisibilidade das chances de perdão. A autora foge de qualquer estereótipo ao narrar com ousadia, sobriedade e aguda sensibilidade à beleza, mesmo aquela que agoniza, o difícil entendimento entre duas pessoas rejeitadas e desiludidas. Uma relação marcada por um ódio tão profundo como só aqueles oriundos do amor e da necessidade costumam ser.

A narrativa é centrada em duas personagens principais e Țîbuleac demonstra sua maestria ao caracterizá-las e demonstrar as transformações de seus afetos. Aleksy acaba de concluir sua educação formal em uma instituição que inclui diversos tipos de enjeitados do mundo – órfãos, jovens ditos infratores, pessoas com deficiência, filhos problemáticos ou simplesmente incompreendidos dentro de famílias desestruturadas. Não sabemos exatamente onde ele se encaixa, apenas que sua condição tem dezesseis letras. Aleksy é o nosso narrador raivoso e nada confiável – embora não narre diretamente do sanatório, como Oskar Matzerath, Aleksy vive a história narrada entre internações –, e o objeto de seu profundo ódio, desprezo e desgosto é sua afável e irredutível mamãe, cuja subjetividade só pode ser adivinhada. Por mais que Aleksy mencione seu histórico de doença mental e suas explosões, sua sensibilidade e seu sarcasmo se assemelham à lucidez; ele é sempre sagaz, cruelmente franco e não faz concessões a clichês ou a qualquer padrão, é difícil não reconhecer suas razões.

O grande mistério do livro é mamãe, cujo nome não chegamos a conhecer. Apresentada como uma desmiolada inconveniente, a personagem se transforma ao longo do livro sem mudar em nada: talvez errada esteja nossa percepção. Mamãe é uma esfinge. Com uma vida pontuada por tragédias e sempre tolhida, mamãe é invencível. Vista de fora, sem um mero discurso indireto livre ou ponto de vista exposto, mamãe é solar, esférica, inquebrável. Um verão eterno.

*mundaréu

São Paulo, maio de 2021

O verão em que mamãe teve olhos verdes

1

Naquela manhã em que a odiava mais do que nunca, mamãe completou trinta e nove anos. Era gorda e baixinha, burra e feia. Era a mãe mais imprestável que já havia existido. Observava-a pela vidraça da janela, parecia uma mendiga junto ao portão da escola. Eu a teria matado sem pensar duas vezes. Ao meu lado, calados e assustados, os pais desfilavam. Um amontoado lamentável de pérolas falsas e gravatas baratas, com o intuito de coletar os filhos fracassados, escondidos dos olhares dos outros. Eles ao menos haviam se dado ao trabalho de subir as escadas. Mamãe não dava a menor bola para mim, nem para o fato de eu ter conseguido concluir alguma escola.

Deixei que ela sofresse por quase uma hora; observei que primeiro ficou irritada, caminhando para lá e para cá ao longo da cerca, depois, paralisada, quase aos prantos, como se houvesse sido vítima de uma grande injustiça.

Nem assim eu desci. Colei o rosto à vidraça da janela e fiquei daquele jeito, fitando-a, esperando até que todas as crianças saíssem – esperando até mesmo Mars sair na cadeira de rodas, e os órfãos, aguardados no portão por drogas e hospícios.

Jim, meu amigo mais próximo, me cumprimentou com um gesto de mão e me disse, gritando, para não me suicidar durante as férias. Estava com os pais, que teriam vendido seus órgãos imediatamente se não temessem o que os vizinhos poderiam dizer. A mãe de Jim, bela e nacarada, deu uma longa gargalhada, com o queixo erguido e o cabelo arrumado em três camadas. Nossa diretora psicótica, o *profe* de matemática e a coordenadora – única criatura normal de toda a escola – também riram. Na verdade, todos nós rimos como se houvéssemos escutado uma boa piada, até porque tinha sido mesmo uma boa piada. Estávamos só entre nós, não precisávamos fingir.

Além disso, no último dia de aula, nossos professores seriam capazes de rir de qualquer coisa só para se livrarem de nós. Se não para sempre, ao menos durante o verão – período em que metade deles sairia novamente em busca de outro trabalho. Alguns acabavam conseguindo e, então, os perdíamos de vista. Outros, porém, menos sortudos, viam-se obrigados a retornar a cada outono diante dos mesmos alunos diabólicos que detestavam e que tanto temiam. Desgrudei o rosto da vidraça como um adesivo velho. Enfim estava livre, e o meu futuro tinha um quê da solenidade de um cemitério empetecado.

Apanhei minha mala e comecei a descer as escadas devagar. No segundo andar, ao lado do consultório psiquiátrico, parei e, usando minhas chaves, rabisquei a palavra "PUTA" na parede. Se pelo menos alguém tivesse me flagrado, eu teria dito que aquele era o meu agradecimento por tantos anos de consulta. Os corredores, porém, estavam desertos, como depois de um terremoto. Na nossa escola, nem as infecções ficavam por muito tempo.

No térreo, como uma bosta de cachorro, estava Kalo – o segundo amigo da minha vida –, fumando enquanto esperava uma tia distante, em cuja casa ficaria por uma semana. A mãe de Kalo tinha ido para a Espanha fazer massagem num oligarca russo – versão dele, claro. Fora Kalo, todos sabiam o que a mãe dele de fato fazia, mas se calavam, pois ele era um cara legal. Era mesmo. Retardado, mas bonzinho.

Perguntei-lhe se sabia o que iria fazer depois de ficar na casa da tia e antes de irmos para Amsterdã, e ele me disse que não faria nada. Como todos nós, aliás. Os imprestáveis não fazem nada. Em todos aqueles anos naquela escola, jamais ouvi um colega se gabar por uma viagem de férias – como se fôssemos não só malucos, como também leprosos. Bastava a permissão de passarmos os verões sem coleira e focinheira. Para que tirarmos férias? Senti nojo de Kalo, de Jim, de mim. Éramos dejetos humanos – pólipos e cistos, operados ainda por cima – imaginando-se rins e corações. Sempre gostei de anatomia – puxei minha mãe, provavelmente, que deveria ter sido professora de biologia, mas que virou vendedora de rosquinhas. De meu pai não puxei nada.

Fiquei fumando com Kalo, pois percebi que estava abatido e escondendo o olhar, depois me lembrei da sua irmã mais velha, que tinha acabado de se casar com um fazendeiro na Irlanda. Perguntei por que ele não ficaria uma semana com a irmã, em vez de se hospedar com a velha. Kalo respondeu como se falasse com um idiota: "ah, sim, claro, ela até já estendeu o tapete vermelho, pois não vê a hora de passar o verão com o irmão desmiolado". Ao nos despedirmos, dei-lhe um soco na cabeça, disse que nos encontraríamos duas semanas mais tarde na estação ferroviária e que não gastasse todo o dinheiro. Kalo limitou-se a responder que sim.

Assim que me viu, mamãe começou a gritar para que eu andasse mais rápido, pois não tinha pagado o estacionamento. Acendi mais um baseado e entrei no carro fumando. "Maconha de novo, maconha de novo", ouvi-a falando sozinha. Abri a janela e cuspi na frente do portão. A escola começou a diminuir de tamanho atrás de nós com os sete anos de vida que eu perdera lá estupidamente, como num jogo de azar. Nada havia mudado. Mika continuava morta, e eu ainda queria bater nas pessoas.

2

Além de outros defeitos, mamãe era de uma alvura cintilante, como se, antes de dormir, ela se esfolasse e mantivesse a pele a noite inteira de molho numa banheira com creme de leite. Sua pele não tinha nenhuma ruga e nenhuma pintinha. Não tinha cheiro, pelo ou quaisquer outros vestígios de normalidade. Às vezes eu me perguntava se ela não era apenas um pedaço de massa animada.

Das axilas de mamãe cresciam dois seios como duas bolas de rúgbi apontadas para direções diferentes, e da cabeça, um cabelo de boneca, que costumava trançar sob a forma de rabo de sereia. Seu rabo de sereia me enlouquecia, mas, por outro lado, era o assunto predileto dos meninos da escola.

Todos se referiam a ela como "sereia no cio" e se mijavam de rir quando ela ia me buscar na escola. Papai a chamava de "vaca estúpida". A nova mulher de papai, de "salsicha". Só eu era obrigado a chamá-la de "mamãe".

Até hoje, quando já tenho quase a mesma idade que ela tinha naquele verão, não encontrei mulher que se vestisse pior que mamãe. Nem naqueles dois anos, logo depois do acidente, em que morei ao lado de uma usina de processamento de peixe no norte da França. Imaginem mais de uma centena de mulheres feias que, todo dia, se vestem apenas para matar caranguejos, camarões, lagostas e outras criaturas nojentas. Mamãe conseguia se vestir de maneira ainda mais ridícula. Era ainda mais feia. Tinha calças, blusas e roupas íntimas mais cafonas do que toda a fábrica, funcionárias e crustáceos fedorentos juntos.

Se pudesse, eu a teria trocado sem pensar duas vezes por qualquer outra mãe do mundo. Até por uma bêbada, até por uma que me batesse diariamente. As bebedeiras e as surras eu poderia suportar sozinho, já a sua feiura e o seu rabo de sereia estavam à vista de todos. Os moleques da escola a viam. Os professores e os moradores do bairro a viam. O mais grave, porém, era que Jude também a via.

Em alguns finais de tarde, quando voltávamos para casa depois da escola – eu não dava um pio durante o trajeto inteiro, e ela falando besteiras ininterruptamente –, eu não podia suportá-la. Minha vontade era de enfiá-la na máquina de lavar e apertar a opção escaldar lençóis. Trancá-la no congelador e tirá-la esmigalhada de lá de dentro. Expô-la à radiação. Nos momentos em que me vinham à memória as caras dos meus colegas, deformadas de tanto rir, e a lânguida Jude, saboreando suas piadas sujas, meu desejo era de ver mamãe morta.

Eu sabia que todos davam risada de mim. Que os moleques cuspiam à minha passagem, e que Jude me desprezava. Que eu era um merda e que seria melhor eu me afogar ou me enforcar, dar um tiro na cabeça ou qualquer coisa parecida. Pois qualquer coisa estaria acima do que eu era: o produto asqueroso de uma membrana branca.

3

Na contribuição de meu pai, eu não queria nem pensar. Só de me lembrar dele me dava ânsia de vômito. Papai tinha se livrado de mamãe, trocando-a por uma polonesa de piercing na língua. Ele se divorciou, pois, se a tivesse matado, o que teria sido preferível e mais rápido, teria ido parar no xadrez. Papai teria me matado também, se não tivesse certeza de que eu, de qualquer forma, morreria logo.

O divórcio foi breve e o favoreceu. Mas mamãe, burra como era, achava que tinha saído vitoriosa. Ficou uma semana inteira pendurada no telefone com sua única amiga, uma vendedora, para contar como havia acabado com o cretino, pois eu tinha permanecido com ela. Só vovó sacou, mas nada disse à mamãe. "Ao menos agora ela tem com o que se alegrar", disse-me, "melhor assim".

Nem quero imaginar o quanto papai ficou feliz ao saber da decisão do juiz. Deve ter se mijado todo de alegria. Livrar-se num só golpe de duas pessoas que ele pagaria para ver mortas – era sorte demais até mesmo para um motorista de caminhão.

Pois esse era o aspecto de mamãe na manhã do dia em que completou trinta e nove anos.

Eu a teria entregado ao ferro-velho e começaria pelo cabelo. Só uma coisa não tinha nada a ver com aquela história: os olhos. Mamãe tinha uns olhos verdes tão bonitos que parecia um erro desperdiçá-los naquela cara de pão inchado.

4

Os olhos de mamãe eram um erro

5

Finalmente chegamos em casa e fui direto para o quarto. Achei estranho mamãe ter-se mantido calada o trajeto inteiro, mas imaginei que fosse por causa de vovó, internada de madrugada no hospital. Para sentir que tinha nascido, mamãe preparou naquele dia um bolo com creme de leite e comprou dez garrafas de cerveja. Comuniquei-lhe, não desprovido de um certo prazer, que não tinha nenhum presente para ela. Não faz mal, respondeu. Invejava sua capacidade de ignorar as coisas mais evidentes. Eu a odiava, papai a odiava, sua única amiga vendedora a odiava. Mika estava morta. Apesar de tudo, eis que havia feito um bolo e comprado cerveja. Se ao menos vovó estivesse em casa, mas não, o que significava que ninguém, absolutamente ninguém no universo inteiro, ligava para ela, para o dia do seu aniversário ou para a sua vida, no fim das contas.

Pus-me a contar o dinheiro para Amsterdã – minha atividade diária, como se, contando-o, ele pudesse se multiplicar. Estava todo ali, mas nem de longe era a quantia desejada. Não podia mais roubar de vovó, que trocara de fechadura e, provavelmente, de esconderijo; mamãe, por outro lado, me disse na cara que não financiava sexo e drogas.

Enquanto refletia sobre outras possibilidades – todas ilícitas –, mamãe bateu à porta e me chamou para comer. Mandei-a sumir da minha frente pois não estava com fome, mas, da sala, gritou que tinha feito maçã assada.

Era isso o que mais a caracterizava: sabia como seduzir as pessoas. Além disso, sua cara estúpida apresentava sempre uma expressão admirada, quase infantil, que desarmava todos e que a ajudou a vender, ao longo dos anos, toneladas de comida barata a preços astronômicos. Fui comer, claro. Maçã assada era o meu ponto fraco.

O aspecto da mesa de aniversário era o de como se alguém houvesse pendurado uma guirlanda numa lata de lixo. Sobre uma toalha de linóleo com desenho de papoulas – vovó tinha acabado de receber mercadoria nova na loja –, mamãe enfileirara toda espécie de porquices: patê de fígado de peixe, pepinos em conserva, salame defumado com pedaços de gordura, asas de frango cozidas na maionese, arenque no vinagre; em poucas palavras, seus pratos prediletos. Podia-se notar que passara também pela Kalinka – mercearia russa em que trabalhava sua amiga Kasza – e deu-se ao luxo de uma vodca.

No centro, reinavam o prato de maçãs assadas e um vasilhame de três litros de compota de pêssego – para mim. As maçãs estavam boas, comi quatro. A compota tinha sido feita por vovó, de modo que o mérito não era de mamãe. Não encostei um dedo no resto.

Fiquei à mesa com ela mais do que o planejado. Sentia-me esquisito pelo fato de ela não ter recebido nenhum presente de ninguém. Não que merecesse, mas era sempre atenciosa com todo mundo, comprava flores e objetos caros, até para os parentes imbecis de papai. Parecia um velório.

Mamãe falava besteiras de novo sobre coisas que não entendia: direitos dos emigrantes, reencarnação, energia reciclável. Meu desejo era de morder-lhe a língua ou de arrancá-la e passá-la por um moedor. A única maneira de manter a calma era olhar pela janela – o que eu já vinha fazendo havia meia hora. Alguém deixara cair perto da nossa casa um saco de creme de leite e agora estava tudo branco ao redor. Chegava a ser bonito, parecia ter nevado. Ou que bonecos de neve enlouquecidos haviam brigado em frente à nossa porta até derreter. De todo modo, era uma mudança agradável. Em geral, quando eu saía de manhã, só encontrava bitucas de cigarro e catarros tuberculosos na soleira. Vovó dizia que as pessoas cospem mais na nossa direção por sermos os mais ricos de Haringey. De certo modo, ela tinha razão – não éramos queridos no bairro –, embora vovó fosse uma boba. Considerava rico qualquer um que botasse salame na mesa. Além de ser cega, de modo que não enxergava bem as coisas.

Num dado momento, mamãe ficou estranha: não concluía mais as frases, fazia pausas e começou a tirar a comida de cima da mesa, embora não tivesse engolido tudo até a última cartilagem. Havia algo diferente nela, mas não consegui entender o quê. Pensei que, talvez, finalmente, compreendera o ridículo de toda aquela festa forçada e de nós dois tentando parecer uma família feliz.

Dei-lhe "parabéns" seco – só isso já era demais – e me levantei da mesa. Mas mamãe não me ouviu. Tirou o bolo da geladeira, que parecia um cocô de passarinho, só que maior, e pediu que apagássemos juntos a vela. "Vá, Aleksy, vá, talvez seja a última vez", disse ela, dando risada. Pelo menos tivera o bom senso de acender uma única vela, embora tivesse, é claro, comprado todas as quarenta – para o caso de alguma delas não acender. Em seguida, o rosto de mamãe se alterou bruscamente e ela me disse que tínhamos algo importante a conversar.

Já havia passado uma hora – durante a qual só ela falou – e eu ainda não sabia o que pensar. Era evidente que mamãe enlouquecera. A questão era se eu poderia de alguma forma me aproveitar da situação. Disse-lhe que precisava de uma noite de sono para refletir e fui para o meu quarto. Encontrei-a na manhã seguinte dormindo com a cabeça na mesa da cozinha, as mãos no bolo, rodeada por seis garrafas vazias.

Estávamos combinados.

6

Após nove horas viajando de ônibus, em que paramos nove vezes para que mamãe vomitasse na rodovia e no mato, e também em latrinas públicas, e na janela de um micro-ônibus cheio de velhinhos de muleta rumo ao litoral, e uma vez para jogar fora o vômito guardado na garrafa de plástico mantida dentro do ônibus, chegamos. "É o paraíso!", guinchou ela, batendo palmas, enquanto eu tentava calcular quanto me custaria voltar até Paris e, de lá, tomar o trem até Londres e ainda encontrar Jim e Kalo sexta-feira na estação. Eu tinha alguns euros e algumas libras, mas estava disposto a roubar, me prostituir ou cometer qualquer outra infração justificada só para escapar dali.

Mamãe desembarcou primeiro, vomitou pela décima quarta vez e se inclinou para amarrar o cadarço do tênis. Devagar, com a bunda gigante erguida ao léu como uma nectarina mais que madura, bem na frente do motorista. Não acreditava no que via. A criatura reclamada por todos os diretores de filmes absurdos do mundo era mamãe. E ela não estava nem mesmo atuando.

O motorista ficou encantado. Parece que sempre desejara estudar em plena luz do dia a calcinha de uma mulher sem ser preso e, agora, a oportunidade estava bem ali. Porco desgraçado. Porca desgraçada. Fiquei com vontade de bater.

"Conte até cem e a vontade de bater desaparece", falou-me dezenas de vezes a psiquiatra, mas nem ela sabia grande coisa, pois uma vez acabei com a minha mão logo depois da consulta, tentando tirar um refrigerante de dentro de uma máquina distribuidora. O refrigerante não saía, o ônibus já tinha chegado, eu tinha pressa. Contei até três e comecei a esmurrar até deixar todo o ponto ensanguentado. Só não fui preso naquela ocasião porque o policial era conhecido da diretora da escola, que estava se candidatando a não sei que função na prefeitura.

A voz de mamãe me irritava menos se eu mantivesse os olhos fechados. Comecei a contar em pensamento. Estávamos em algum lugar no norte da França, nem sabia onde exatamente, mas a sensação era como se tivesse atravessado o universo inteiro. Até ali, nossa viagem confirmava tudo o que eu já sabia da França. Pela janela do ônibus, vi apenas vacas brancas, Peugeots caindo aos pedaços e tratores transportando estrume. Claro, ainda tinha a música do motorista perverso. Mas mamãe estava elétrica. Quando não vomitava, exclamava sem parar "fantástico, fantástico!".

Atirei-me na grama. Estávamos no meio de uma plantação de não sei o que e só à distância de mais ou menos meio quilômetro dali via-se uma espécie de construção humana – provavelmente nosso ponto-final. Como carregaríamos toda a bagagem até ali – esse pensamento, junto com toda a ideia daquela viagem, ultrapassava meus limites. Mamãe conversava sobre dinheiro com o motorista e vi que tentava flertar com ele. Se eu não havia vomitado até então, era porque umas formigas do tamanho de um dedo tinham me atacado e eu não conseguia me livrar delas. Aquelas miseráveis começaram a subir em mim como loucas, inclusive por baixo da roupa. Sempre tive nojo de insetos, de modo que comecei a gritar como um doido e a tirar toda a roupa. O motorista não cabia mais em si de contentamento. Mais uma bunda grátis.

"Obrigaaadaaa", ouvi a voz adocicada de mamãe, que teria assustado até mesmo uma doninha no cio. Em seguida, vi-a estendendo três cédulas para o perverso – o pagamento pela viagem de Paris até aquele buraco – e, finalmente, ficamos só nós dois.

Mamãe começou a rir de mim, o que me horrorizava, pois ela ficava ainda mais feia rindo. Seus dentes miúdos e brancos migravam da boca para o papo gelatinoso. Seus olhos bonitos desapareciam entre as dobras do rosto gordo, que se embaralhavam velozes como as peças de um quebra-cabeça. Nesses instantes, mamãe assumia a aparência de um monstro feliz, enquanto eu esperava que a qualquer momento caísse uma orelha de dentro de sua boca, ou que a partir de seu nariz começasse a escorrer uma língua.

Rezava para que aquele dia terminasse o mais rápido possível. Para que uma fenda se abrisse no chão e mamãe desaparecesse em algum lugar das profundezas. Ou eu. Ou que pelo menos eu voltasse para dentro dela, nascesse ao avesso e, tão logo não existisse mais como antes, corresse o quanto minhas pernas aguentassem.

7

Não me lembro de como entrei em casa e do que conversei com mamãe, se é que falei com ela. Pela manhã, despertei numa cama imensa como uma arca, com pombos incrustados nas laterais. A primeira coisa de que me recordo com clareza daquele verão – que soa como um título – é da menina com uma perna mais curta que a outra. Usava uma saia preta com caveiras cor de violeta e tentava colar um cartaz em cima das persianas da minha janela. A menina se chamava Varga e era uma órfã da República Tcheca, que alguns anos mais tarde haveria de perder um olho e fazer um filho com o livreiro do vilarejo. Disso tudo, porém, acabei sabendo muito mais tarde, mais de dez anos depois daquela manhã, quando nos reencontramos e demos risada de tudo aquilo, mas não muita.

Varga quase desmaiou de susto quando me viu abrindo a janela, numa casa que julgava abandonada. Xingou-me e saiu correndo de maneira assimétrica com a saia ao vento, deixando para trás o cartaz úmido, melado com uma cola fedorenta. O cartaz de propaganda tinha o desenho de duas marionetes horríveis e o título do espetáculo: *O furão e o malvado*. Juro que não é invenção minha. Era uma peça infantil apresentada todo domingo na praça da prefeitura. Nunca a vi, basta saber que existiu.

Naquela manhã – com o cartaz melado nas mãos e a lembrança farfalhante de Varga –, senti pela primeira vez na vida uma espécie de desesperança geral, uma gigantesca falta de sentido e um vazio que começou a crescer, a inchar e a assumir formas tão assustadoras que compreendi que jamais seria capaz de preenchê-lo com algo ou alguém.

Fui procurar mamãe.

Antes de sair do quarto, vi minhas roupas amontoadas na cadeira. Isso significava que, desde o momento em que tinha sido atacado pelas formigas na tarde anterior até a menina manca se afastar correndo, eu ficara o tempo todo só de cueca. Para a minha surpresa, esse pensamento, como também o de ter sido visto assim por desconhecidos, não me incomodou. Da noite para o dia, eu me transformara em mamãe.

Encontrei-a fazendo pipoca no fogão e rindo sozinha. Era como se a tela de uma televisão tivesse quebrado, despejando um filme que continuava na nossa cozinha. Flocos brancos esvoaçavam em todas as direções, rodeando mamãe como flores de cerejeira numa tempestade. Ela os fitava e falava com eles como se fossem crianças de um jardim de infância, passando os dedos de vez em quando pelos grãos remanescentes na panela, como uma espátula viva. Mamãe estava de vestido. Um vestido azul, triangular, o que era ainda mais estranho do que toda aquela brincadeira maluca com milho. Jamais vira mamãe de vestido.

Gritei pedindo que parasse, que parasse imediatamente, no que ela se virou assustada na direção da minha voz. Perguntou se ainda estava com dor de cabeça e se precisávamos ir ao médico. Perguntei-lhe a mesma coisa. Mamãe deu risada e me estendeu um coador cheio de pipoca. Em seguida, contou-me, numa única frase, que eu tinha desmaiado de novo, mas viu que não era grave, que sempre quis fazer pipoca sozinha e que tinha encontrado uma garrafa de cerveja dentro da geladeira.

Se eu tivesse saído de casa naquele instante, teria chegado a King's Cross na manhã do dia seguinte e, algumas horas depois, em Amsterdã, com Jim e Kalo. Minha vida teria sido diferente ou, no mínimo, aquele verão teria sido diferente – embora, no fundo, seja a mesma coisa. Não esbocei, contudo, nenhum movimento naquela direção. Sentei-me à mesa com mamãe, comendo pipoca e bebendo cerveja no café da manhã.

8

A denominação da minha doença tinha dezesseis letras. A de Jim, só dez, e Kalo não tinha doença nenhuma, só uma espécie de afecção pós-traumática. Quando era pequeno, Kalo viu pela janela um ladrão estrangulando o vizinho e, desde então, passou a ver gente morta por toda parte. Quanto ao meu caso, os psiquiatras ainda deliberam. É verdade que, agora que sou famoso, as pessoas não me evitam mais, pelo contrário, parecem esperar que eu lhes esmurre para terem o que contar aos outros.

Faz quase vinte anos que não vejo Jim e Kalo; o que terá acontecido a eles? Jim, se não morreu de overdose e se o pai tiver lhe deixado todo o dinheiro, talvez ainda esteja vivo. Quando têm muito dinheiro, os doentes mentais se denominam excêntricos; Jim, ademais, era simpático. Não me surpreenderia vê-lo um dia metido em política. Kalo, porém, não acho que ainda esteja entre nós. Pergunto-me se terá descoberto, no fim das contas, em que consistiam as massagens de sua mãe.

Alguns especialistas – sempre achei essa palavra mais apropriada a encanadores do que a médicos – consideram que me tornei violento depois da morte de Mika, e por causa de Mika. Outros afirmam ser uma herança de mamãe, que, após o enterro, se trancou no quarto de visitas e não falou com ninguém durante sete meses. Não censuro mamãe por ter vivenciado dessa maneira o luto pela morte da filha. No final das contas, era a filha dela, a dor dela e, sem dúvida, nada mais maravilhoso do que Mika jamais voltará a existir. Sempre quis que mamãe tivesse se lembrado ao menos uma vez de mim – seu outro filho, atirado neste mundo pelo mesmo útero inconsequente. Eu gostaria que mamãe tivesse vindo me ver – não seria necessário me acariciar ou me perguntar o que eu estava sentindo – e me dissesse para sumir da sua frente por sete meses, e depois veríamos. Teria sido justo que um adulto se comportasse assim com um menino que ainda fazia xixi na cama e que até hoje se pergunta se poderia ter evitado a morte da própria irmã. Se ela tivesse falado assim comigo, eu a teria compreendido e deixado que mutilasse a própria caixa torácica à vontade. Eu mesmo teria inventado para ela milhares de desculpas, escrevendo-as com minha letra infantil e escondendo-as discretamente dentro de sua boca para que pudesse usá-las no momento em que viesse me dar alguma explicação. Mas mamãe não veio, não falou, não me chamou. Mamãe escolheu outro caminho.

Toda manhã, depois de se levantar, ela se sentava numa cadeira no meio do quarto, com as luvas de Mika no colo, e ficava assim até de noite, quando vovó a botava de novo na cama. Na hora da refeição, comia também no colo, como uma demente, aceitando só pão e leite, que os dedos inchados de vovó enfiavam em sua boca.

Durante todos aqueles meses, a mulher que me pariu não olhou mais para mim, como se eu fosse invisível. Como se eu tivesse matado Mika, a sua Mika. Lembro-me de como eu me aproximava dela aos prantos e tentava abraçar-lhe os joelhos ou a cintura – jamais conseguia chegar mais acima –, e ela me empurrava com o pé como se eu fosse um cachorro sarnento.

Papai – que já bebia quando da morte de Mika – não conseguiu mais parar. Trazia para casa caixas de vodca da Kalinka e bebia sozinho na cozinha até dormir no chão. Certa manhã, encontrei-o estirado no peitoril da janela, coberto com a cortina de nylon que tinha puxado ao cair. Parecia um defunto da igreja polonesa, o que me alegrou sobremaneira. Só que não era.

A única pessoa que ficou normal, embora tenha sido a que mais chorou – tanto pela neta morta como também pela filha que enlouquecera –, foi vovó. Na manhã em que voltamos todos do cemitério, ela trancou a casa e a lojinha e mudou-se para nossa casa para cuidar de mim. Há muito ela teria matado papai com as próprias mãos, mas tinha medo do padre.

Sete meses depois, num domingo, mamãe saiu, finalmente, da toca. Passou do meu lado como quem desvia de uma poça d'água suja e foi direto para o quarto de Mika. Guardou as luvas dela no armário e perguntou à vovó se havia algo para comer. Naquela noite, bati com a cabeça no azulejo do banheiro vinte e quatro vezes, deixando uma marca vermelha e redonda, como se alguém houvesse esmagado um percevejo gigante.

Mamãe telefonou para papai, que chegou bêbado em casa, e depois os dois me levaram ao hospital enquanto brigavam. Vovó nos acompanhou até a soleira da porta, fazendo o sinal da cruz em cima das nossas cabeças e esfregando os olhos que começavam a não enxergar mais. Foi a última vez que eu ainda poderia ter amado mamãe, se ela tivesse deixado.

9

A casa em que fomos parar havia sido, no passado, um celeiro. Os primeiros proprietários quebraram a parede e fizeram duas janelas, tendo morado ali por dois anos. Depois a venderam às pressas e se mudaram para o sul da França, onde abriram uma funerária.

Em seguida veio uma família com quatro filhos que construiu no centro da casa uma escada de madeira, que terminava de repente e de maneira absolutamente inexplicável em dois quartos estreitos. Havia algo de estranho naqueles quartos e naquela escada – algo que não entendo até hoje, quando a casa é mais minha do que eu teria desejado. Era como se, um dia, os degraus tivessem começado a se multiplicar, gerando dois quartos perfeitamente quadrados, como duas celas. Em seguida, algo ou alguém os deteve subitamente, como um antídoto, de modo que a construção ficou suspensa no ar, misteriosa, desafiando toda a lógica arquitetônica.

O terceiro proprietário da casa – um pianista que conseguiu resistir só meio ano no vilarejo – não alterou nada, apenas adicionou uma privada em forma de libélula e uma banheira enorme de cobre. Vim a saber mais tarde que essas peças custavam uma fortuna, e que os artesãos franceses utilizam cobre na confecção de diversos tipos de vaso sanitário, que vendem aos turistas ricos por centenas de euros. Naquele verão, eu não fazia ideia de que defecava num objeto valioso, e adorava ver minha urina assumindo nuances mágicas dentro da banheira.

John – o último proprietário do imóvel – não deixou nenhuma contribuição. John foi e continua sendo um cretino.

A casa era uma loucura e parecia que havia sido projetada por mim mesmo. Nas paredes, em vez de elementos decorativos, alguém pregara todo tipo de objeto, que na casa de gente normal estariam no quintal ou no lixo: um ancinho, uma foice, uma pá para tirar pão do forno, oito chapéus de palha, uma caldeira com alças em forma de marreco, um coador com furos entupidos, uma gamela rachada, um motor de espremedor, a asa de um moinho d'água e uma hélice de helicóptero.

Havia ainda – pelos cantos da cozinha – dois barris vazios com cavilhas enferrujadas e sem tampa. Alguém no passado os utilizara como vasos de plantas vivas, provavelmente bonitas, mas que agora haviam se transformado em *ikebana* e ninho de insetos. Formigas, pulgões, louva-a-deus, percevejos-fogo e outros bichos cujos nomes desconheço até hoje passeavam por toda parte tal qual num insetário.

No primeiro degrau da escada, como uma espécie de premonição, mamãe encontrara um balde vermelho com grãos de milho, com os quais era possível fazer pipoca. Tentei várias vezes saber por John de quem era o balde e quem o trouxera, mas sem qualquer resultado. Era como se houvesse brotado ali sozinho e nos aguardasse quietinho todos os verões, até aquele em que vim passar com mamãe.

Embora tivesse poucas janelas, e as que havia eram pequeninas, a casa estava sempre banhada por uma luz incomum, que parecia independente da luz do sol, tinha uma consistência estranha, diferente de toda espécie de luz que eu conhecia até então. Aquela luz era amarela, quase pulsante, e, ao mover a mão bem rápido, sentia-a como se penetrasse por entre os meus dedos, quente. Quando lhe mostrei isso e insisti que ela também a apertasse entre as mãos, mamãe me disse que eu era louco e me perguntou se tinha tomado meus comprimidos. Mas eu gostava de acreditar que tudo tinha uma explicação – por exemplo, que alguém tinha instalado em cima da casa uma lupa enorme, que aos poucos nos deformava, conforme sabe-se lá que diabólico, mas fantástico, objetivo.

O mais curioso, para mim, contudo, era o ar de dentro da casa. Úmido e doce, como um bago de uva descascado. Tinha a impressão não de o inspirar, mas de o ingerir, e dois dias depois o sentia claramente aderindo a mim por completo, revestindo por dentro todos os meus órgãos.

Quem quer ou o que quer que fosse aquele lugar, havia me capturado e começava a me conservar como o ventre hospitaleiro de uma jiboia.

10

Acordei por causa de uma barulheira, com o desejo crescente de quebrar a cara de quem a produzia. Era mamãe, do alto de uma escada de dois metros, com uma lata de tinta verde pendurada no pescoço. Duas das três persianas dos fundos da casa já estavam pintadas, e ela se esforçava para abrir a terceira. Estava emperrada por causa da fechadura enferrujada, por isso o escarcéu que me tirava do sério. Era inútil perguntar o que estava fazendo. Se aquilo não era sinal de demência, não sei o que mais seria.

Comecei a xingá-la e a gritar que descesse daquela droga, senão poderia cair e quebrar o pescoço ou, pior, a janela – e teríamos de pagar. Chacoalhei a escada o bastante para assustá-la. Amaldiçoei-a, sabendo que tinha mais medo de maldição do que de fraturas múltiplas e gastos. Mamãe não desceu. Aferrou-se à parede como um chiclete derretido, até conseguir abrir a porcaria da persiana e acabar com toda a tinta verde da lata.

Quando se aproximou de mim, eu já tinha chegado ao número trinta e sete. Mais calmo, já me sentia capaz de conversar, se tivesse com quem conversar. Ela pediu meu cigarro e deu três tragadas rápidas, como uma menina de doze anos. Contou que verde sempre foi a sua cor predileta e que encontrara a tinta no barracão nos fundos da casa. "Vá ao barracão, Aleksy", incitou-me como uma psicótica. "Tem umas coisas muito legais lá."

Disse-lhe que ela, e não eu, deveria ter sido tratada todos aqueles anos, e que cabia àqueles médicos cretinos terem mencionado, pelo menos em algum lugar, que a minha doença era hereditária. Mamãe deu uma risada boba, esfregando as mãos verdes, como se tivesse acabado de estrangular uma folha. Seus olhos estavam mais coloridos do que nunca, ou pelo menos assim pareciam por causa das persianas.

11

Os olhos de minha mãe feia eram o resto de uma mãe alheia muito bonita

12

Fazia três dias que eu estava num vilarejo, mas ainda não tinha visto ninguém. Dormia ou fumava o dia todo, ou comia pipoca, ou tinha acessos de ódio de mamãe. Naquele meio-tempo, Jim e Kalo foram para Amsterdã – passar as férias pelas quais eu esperava há três anos e para as quais eu havia juntado o dinheiro de todas as festas, além do dinheiro roubado de vovó.

Cada um de nós tinha o suficiente para duas prostitutas de primeira. Mas era óbvio que primeiro tentaríamos ir para a cama na faixa com as alemãs e as holandesas, que de qualquer jeito fazem sexo depois de beber muita cerveja. Juramos não nos envolver com as nossas inglesas, pois, embora fossem mais fáceis de convencer, eram mais feias e ainda por cima podiam nos bater.

Houve uma hora em que, assustado, achei que o dinheiro não daria e que eu deixaria passar a maior aventura da minha vida por falta de fundos. Jim falou para eu não me preocupar, que me emprestaria caso necessário, pois chantageara o pai um mês antes. Ele tinha se envolvido com a nossa psiquiatra, e Jim os flagrou um dia de mãos dadas numa farmácia. A história me deixou de queixo caído.

Não dava para acreditar que um advogado pudesse ser tão cretino. Ter tanto dinheiro e se envolver com a nossa psiquiatra, que fedia nas axilas! Concluí então que Jim talvez não fosse tão fraco da cabeça, vai saber.

Depois de entender como é que as coisas funcionavam, eu tinha certeza de que também poderia extorquir algum dinheiro da psiquiatra. Abordei-a um dia depois da aula e disse-lhe que iria dedurá-la para a diretora ou – o que seria ainda pior para ela – para a mãe de Jim. Pedi pouco, pois nos conhecíamos fazia tempo e eu não era ganancioso. Mas a vaca me respondeu que adoraria que a mãe de Jim ficasse sabendo. Chamou-me de "retardado imundo" e me enxotou.

Enfim, ir para Amsterdã, fazer sexo com todas as mulheres de lá e fumar tudo o que encontrasse – mesmo se depois eu ficasse dopado para sempre como Mars, mesmo que eu contraísse aids, mesmo que eu me afogasse debaixo de uma ponte e fosse encontrado cheio de vermes só dez anos mais tarde –, era o meu maior sonho desde os catorze anos. Jim e Kalo se juntaram a ele depois que lhes contei tudo em detalhes, como se estivesse falando com crianças. Embora fossem meus melhores amigos – na verdade, os únicos que tive –, Jim e Kalo eram meio burros e jamais tiveram ideias tão boas quanto as minhas.

Mas a víbora da mamãe me fez desviar do caminho.

Primeiro ameaçou suicidar-se se eu não a acompanhasse. Depois me prometeu um *laptop*, para eu poder ver pornografia no meu quarto. "Suicide-se, também posso ver no celular", foi minha resposta sincera, mas mamãe foi adiante e tirou o ás da manga. Meio relutante, prometeu me dar um carro e me ajudar a falsificar os documentos para eu poder dirigir.

Era um daqueles instantes em que queremos acreditar desacreditando. Mesmo sabendo que Papai Noel não existe, um dia aparece um gordão de barba e nos traz um Maserati. O que fazer? Dizemos ao Papai Noel que enfie o carro no rabo só porque ele não existe? Ou aceitamos e começamos a acreditar nele como idiotas?

Foi mais ou menos isso que mamãe fez no dia do seu aniversário, quando me disse que eu deveria ir à França, passar com ela apenas um verão, e que depois eu poderia fazer tudo o que quisesse. Concordei, mas não como um imbecil. Primeiro a obriguei a jurar pelo ícone[1] novo de vovó, que segurei na frente dela para poder olhar a santa bem nos olhos. Em seguida, depois de eu pensar mais um pouco, obriguei-a a escrever tudo aquilo à mão e a assinar a folha em dois lugares, com dia e ano, para ter certeza de que não trapacearia, dizendo, por exemplo, que tinha se referido a um outro ano. Mais tarde, após ela assinar e eu ter lido dez vezes, com tudo parecendo em ordem, disse-lhe bem sério que a mataria se não honrasse sua palavra. Para a minha surpresa, mamãe aceitou todas as condições, o que também era muito suspeito, mas eu não tinha outra saída.

Jim e Kalo me disseram que eu era um cretino. Que eu jamais seria capaz de dirigir um carro. Que eu iria perder as férias mais bacanas da minha vida. Que eu continuaria virgem. Que, por ser virgem, Jude nunca iria olhar para mim, nem que eu tivesse dez ou mil carros. Disse-lhes saber o que estava fazendo e que aguardava mensagens deles a respeito do número de mulheres com quem estariam se deitando em Amsterdã.

Foi a primeira vez na vida que escolhi mamãe em detrimento de outra pessoa.

---

1 Representação de arte sacra comum nas igrejas ortodoxas. (N.E.)

13

Várias vezes penso como teria sido a nossa vida se Mika não tivesse morrido. Se não tivesse partido inesperadamente naquele inverno rigoroso, assim como balinhas se perdem nos bolsos de crianças pobres. Mika era a nossa liga, a aranha querida que nos prendia como insetos amontoados em sua teia mágica. Mika tinha sido o único motivo pelo qual nos sentimos uma família por alguns anos, sem que pulássemos de uma vez na jugular um do outro, cachorros loucos que éramos.

Naquele inverno, meu amor por ela foi maior do que o de todos os outros, pois, finalmente, tinha começado a falar, e sua primeira palavra foi "Alekş". Ela me seguia como uma formiguinha, segurando meu dedinho e escondendo-se atrás de mim sempre que se assustava com um corvo ou com o latido de um cachorro. "Mika-rika-pika", eu lhe dizia, sério, e ela dava risada como um arco-íris sentindo cócegas na sola do pé, cessando apenas quando acabava todo o ar de seus frágeis pulmões. Deixava-a rolar à vontade na neve, e depois eu repetia "Rika-pika-mika", ameaçando-a de forma aterrorizante com o dedo indicador. Então ela retomava a risada alegre e colorida, como uma bolha de sabão, e eu era capaz de ouvi-la horas a fio. E a ouvia.

Eu tinha oito anos de idade naquela altura, e ela, seis, mas era tão pequena e atrapalhada que mamãe amarrava suas luvas às mangas do casaco com um elástico. Mika perdia e estragava tudo – perdeu até o primeiro dente de leite. Mas ninguém nunca ficava bravo com Mika – nem mesmo papai. Papai guardava nas mãos e nos pés todas as surras que ela deveria levar, para depois desová-las em mim, quando me achava muito devagar ou que eu chorava como uma menina.

Melhor teria sido que mamãe tivesse amarrado Mika com um elástico.

Melhor teria sido que papai tivesse morrido no lugar dela.

Se a morte levasse em consideração a opinião das pessoas, muito mais gente apropriada morreria.

Nossa psiquiatra dizia que, até a idade de cinco anos, as crianças não se lembram de nada. Mas acho que era conversa fiada, e Mika morreu com muitas recordações – com as mais belas e verdadeiras recordações que já existiram em nossa família desgraçada.

Tenho certeza de que, se Deus tivesse uma filha, ela se chamaria Mika.

Sinto tantas saudades dela que tenho ganas de arrancar os olhos.

Mika-rika-pika.

14

Mamãe me acordou cedo e falou para irmos à feira fazer compras. Ficara sabendo pelo motorista perverso que havia uma feira bem do nosso lado, todo domingo. Mandou-me tomar banho e trocar de roupa, por estar fedendo. Dei-me conta de que não via água fazia quatro dias e que usava ainda as mesmas roupas com marcas das formigas.

Ela, por outro lado, estava usando outro vestido – branco, que começava logo abaixo do pescoço e terminava cobrindo tudo. O vestido não tinha nenhum desenho ou inscrição, o que era surpreendente – pois a vida toda mamãe usara só blusas feias e sempre com inscrições. Observava-a movendo-se para lá e para cá pela cozinha como um metrônomo enlouquecido. Estava branca e cilíndrica, e fiquei imaginando o vestido se transformando num tubo com tampa, no qual eu a manteria presa e só soltaria de vez em quando. De manhã ou à noite, ou no fim de semana, ou no Natal. Ou – melhor ainda – só no fim, para morrer.

Mamãe-pasta de dente.

Mamãe-esôfago.

Mamãe-lombriga.

Mamãe-cabo.

Mamãe-giz.
Mamãe-osso.
Mamãe-linha.
Mamãe-cometa.
Mamãe-vela.

    Mais uma vez ela me parecia diferente, embora não conseguisse identificar o que mudara. Lembrei-me de ter tido a mesma sensação uma semana antes, no dia do aniversário dela, tampouco naquela ocasião fui capaz de captar a mensagem. Fiz um esforço e a medi atentamente da cabeça aos pés. Continuava feia, claro, mas o vestido a tornava mais magra, como se lhe houvessem aspirado durante a noite todo o ar do corpo. Seu rosto parecia mais chupado e os olhos, mais dilatados. E nem tinha mais aquele gingado de pinguim, movendo-se agora devagar e retilínea, quase como uma pessoa normal.

    Estaria se drogando? Teria ficado grávida? Teria matado alguém? Mamãe estava escondendo alguma coisa de mim e isso me deixava nervoso. Meu maior temor era que houvesse mentido em relação ao carro.

    Disse-lhe que parasse de se mexer tanto, que me dava dor de cabeça. Mas ela começou a me empurrar na direção do banheiro, cantando como uma maluca *We all live in a yellow submarine*. "Vá logo, Aleksy", sussurrou-me com sua língua de víbora onisciente. "Se você se apressar, o tempo passa mais devagar."

    Naquele momento percebi – de maneira dolorosa e fulminante – que era graças àquele branco que eu não a detestava tanto. Que o vestido que ela estava usando naquela manhã a salvara – assim como, no passado, trapos brancos salvavam desertores sortudos da morte. Quando saí do banheiro, molhado e assustado, havia perdido a guerra. Meu ódio por mamãe, embora não houvesse desaparecido por completo, tinha secado e criado casquinha – assim como criam casquinha todas as feridas depois de três dias no homem, e depois de um dia no cachorro.

15

Dentro de um armário da cozinha, mamãe encontrou uma bolsa de junco com rodinhas e uma espécie de saco com ganchos gigantescos, os dois cheios de excremento de rato. Coube a mim o saco com ganchos gigantescos. Dentro dessas duas latas de lixo deveríamos trazer comida para casa, caso encontrássemos a feira primeiro. Eu mesmo nem sabia onde estava, e mamãe, pelo que a conhecia, não era capaz de encontrar nem o próprio vestido enfiado na bunda.

De três lados a casa era rodeada por lotes de terra seca, que pareciam eczemas tratados com atraso. Em qualquer direção que fôssemos, teríamos de andar a pé por, pelo menos, uma hora – por entre as formigas nojentas e outros insetos –, ou até mais, pois não acho que a feira ficasse logo depois da linha do horizonte. Se é que havia alguma feira e o motorista não tivesse falado besteira, como eu suspeitava. Não se via rua alguma. Como diabos tínhamos chegado até ali?

Disse-lhe que não iria. Que não me interessava sua comida, sua feira, aquela porcaria de vilarejo, e que ficaria com ela os exatos três meses que havia me pedido, e que depois esperaria o carro ou então um dos dois iria morrer. Ela me pôs para fora e trancou a porta.

Nos fundos da casa havia uma rua – uma trilha estreitíssima em que só passava uma pessoa de tamanho médio por vez. Atravessava-se primeiro um milharal, depois uma plantação de girassóis, viam-se umas flores feias amarelas, que cheiravam à urina, e acabava-se no quintal de uma mulher com muitos coelhos. Havia notado a casa dela no dia em que chegamos.

Todos os coelhos da velha eram ruivos e gordos como o meu vizinho Seun, só que com orelhas mais compridas, com o formato de folhas caídas. Eram, inclusive, mais simpáticos que Seun. A mulher abriu um grande sorriso ao nos ver. Tinha dentes brancos, perfeitos como as unhas de Jude, e eram tantos, que eu tinha certeza de que não se restringiam à boca, continuando vísceras abaixo pelo seu corpo zoado. Ocorreu-me então que devia ser bastante lucrativo criar coelhos, já que a velha havia se dado ao luxo de colocar dentes no valor de uma moto. Até hoje continuo achando que criar coelhos é lucrativo.

Naquela época, eu tinha um arame barato em cada centímetro da boca. Meus dentes não ficavam mais alinhados, mas, por outro lado, juntavam sempre restos de comida, pois eu jamais os escovava por dez minutos com movimentos circulares, conforme a recomendação do dentista.

Imediatamente atrás do cercadinho dos coelhos da velha começava a feira, que lembrava o rastro de um óvni na grama. Dezenas de bancas desmontáveis e capengas estavam organizadas em forma de espiral ao longo de um quilômetro. Esse labirinto nauseante começava no meio, com dois estandes que vendiam queijo fedido, e terminava com oito estandes periféricos que vendiam queijo fedido.

Gente gorda e corada – muitos bêbados e todos feios – se divertia como se estivesse numa festança. Sorriam inclinando a cabeça para trás, cumprimentando-se e beijando-se ao menos três vezes naquelas bochechas prestes a estourar de tanto sebo. Homens com mulheres. Mulheres com mulheres. Homens com homens. Velhos com crianças. Todos dando de ombros. Gritinhos festivos. Sentia o desejo de bater em cada rosto que aparecia na minha frente.

Todos vinham à feira com bolsas enormes de junco, carregadas nos ombros ou em carrinhos iguais ao nosso. Os carrinhos eram puxados com vagar e solenidade, como carrinhos de bebê, atulhados extaticamente com toda espécie de porcaria. O pessoal, entretanto, não comprava de uma vez, como nas lojas. Primeiro cada um pedia uma amostra, abrindo a boca na hora certa como um peixe sem ar, e os vendedores os atendiam solenemente, como se estivessem distribuindo hóstias na igreja.

As "amostras" circulavam como numa linha de montagem e me reviravam o estômago – triângulos de queijo mofado, migalhas de carne esverdeada, patês e nacos de miúdos de animais gelatinosos, hexágonos de melancias e morangas, rodelas de pepinos e abobrinhas, postas de peixe cru, linguiças em forma de cocô, fatias de pão do tamanho de discos de freio. Encontrava-me num planeta de restos.

Mamãe se deixara absorver pela multidão e eu a via brilhando pela espiral – branca e pequenininha como um canto de echarpe preso na porta. Sua bolsa já tinha o tamanho de uma barriga de grávida, mas ela continuava comprando loucamente. Não podia chamá-la, não podia segurá-la, não podia reiniciar aquele dia no qual não deveria jamais ter saído de casa. Comecei a contar. Lá pelo vinte e sete, recordei as palavras da psiquiatra: "Se você sentir que é demais, vá embora".

Fui para casa, "casa" sendo a casa. Passei contando ao lado da mulher dos coelhos gordos, pelas flores amarelas e fedorentas, pela plantação de girassóis e pelo milharal, com um único desejo: escapar daquilo tudo na hora certa. Mas era tarde demais. As pedras do caminho se transformavam, uma a uma, em miçangas, o milho, descascado, virava vela, e o ar ganhava o cheiro de incenso.

16

Quando Aneta morreu – aquela com quem fugira de Zalipie e cujo marido amara a vida toda –, vovó chorou a noite inteira na cozinha. Deixei-a em paz com mamãe pranteando à vontade a melhor amiga e a rival mais cruel. No dia seguinte, depois do velório, vovó saiu da toca fazendo a bengala estalar como uma cabrita e pôs-se de imediato a trabalhar. Telefonou para Miłosz – filho da defunta – e mandou-lhe entregar da loja farinha, óleo, açúcar, ginjas em conserva, gordura de pato, batatas, escabeche de tomate, compota, *słodycze* e três potes com folhas de uva. Disse a Miłosz que, na mesa da Anetuşka[2], não deveriam faltar *gołąbki* e *golonka* – seus pratos favoritos – e que seria bom que ninguém se embebedasse até cair, pois Aneta não suportava gente bêbada. Em seguida, deu a entender à mamãe que ela não tinha o que fazer lá com papai, mas que me levaria para ajudá-la na igreja. Mamãe, contente por ficar sozinha um dia todo, me vestiu rápido com a camisa branca e abotoou até o último botão, como se temesse que eu fugisse pelo colarinho.

---

2 Referência à tradição de se realizar um banquete, imediatamente após o enterro, no intuito de facilitar a viagem do defunto para o além. (N.T.)

Vovó, para a minha surpresa, não se vestiu de preto como se costuma fazer no luto, mas colocou seu vestido de seda violeta e miçangas de cristal. Mandou que eu comprasse um buquê enorme de crisântemos no fim da rua e, ao retornar, a casa inteira cheirava a perfume de mimosa. Segurei-a pelo cotovelo, pois se recusava a ir de bengala, e fomos em direção ao ponto de ônibus. No caminho, disse-me para não comer meleca do nariz e chorar direito, para não passar vergonha na igreja. De trás, percebi que prendera o cabelo em forma de concha. Caminhava reta e não parecia nada cega. Jamais a vira tão mulher.

A igreja polonesa estava cheia de mulheres segurando crisântemos e de homens em agasalhos de moletom. Era o turno do padre mais jovem, que sabia melhor que o velho quanto custava tudo. Todos os convidados foram exortados a comprar pelo menos duas velas cada um e a acendê-las, e só depois disso é que a missa laudatória começou. Vovó se sentou na primeira fileira – entre Miłosz e o marido de Aneta – e chorou o tempo todo. Lá pela metade do velório, ela dava a impressão de ter comparecido acompanhada do marido de Aneta, e de que no caixão jazia uma mulher descasada. Miłosz segurava sua mão como a de uma mãe, a nora de Aneta lhe falava ao pé do ouvido, e a igreja começou a emanar um forte odor de mimosas.

A missa não acabava mais, e as pessoas não paravam de elogiar a defunta. A filha de uma irmã chegou a dizer que a tia fora uma mulher extremamente religiosa, coisa que surpreendeu até mesmo os outros membros da família. Vovó se manteve discretamente calada, mas percebi como inclinou a cabeça para um lado. Fazia assim sempre que me perguntava se eu tinha roubado dinheiro de casa, e eu dizia que não.

Depois de uma hora e pouco, todos os garotos foram postos para fora da igreja, pois estavam fazendo barulho. Uma mulher de muleta nos distribuiu balinhas fornecidas por vovó e nos disse para não irmos para a rua, senão iriam nos dar uma surra. Pusemo-nos todos a correr ao redor da igreja – loiros e gordos como gansos, gritando besteiras em polonês e chupando balas. A alegria gerada pela morte de Aneta não tinha limites, e transformava aquele dia de outono num ensaio de Natal.

Não me recordo de como aconteceu o que aconteceu. E não porque tenham se passado muitos anos desde então. Não fui capaz de lembrar nem mesmo mais tarde, naquela noite, quando vovó chorava junto ao policial e, gritando, me mandava responder às perguntas senão me mataria. Só sei que eu estava deitado sobre umas folhas, e o céu tinha a cor do nosso carro novo, quando um garoto veio até mim e me disse que eu e Mika não éramos irmãos. Que Mika não era minha irmã...

...e imagens descontextualizadas – sua face redonda, como se tivesse sido ralada, uma mulher na soleira da igreja me mandando parar aos berros, a mãe do garoto inclinada sobre ele, alisando-lhe os cabelos como a um morto, o cheiro de incenso que vinha da igreja e as miçangas de cristal.

17

Eu havia esquecido que a porta estava trancada, e que a chave ficara na bolsa de mamãe. Permaneci imóvel em frente à casa como diante de um cachorro louco. Não podia voltar, pois sabia do que eu era capaz em tais momentos. Tinha de entrar a qualquer custo. Precisava de um espaço em que pudesse me fechar com aquela manhã e passar por cima dela.

Pus-me a procurar uma entrada como um ladrão – pelos cantos da casa, em torno da porta, em qualquer buraco maior das paredes. Teria bastado uma única falha dos pedreiros, um lapso dos carpinteiros, para que tudo tivesse sido diferente. Uma fissura! Uma simples fissura teria ajudado a me insinuar ou pelo menos a enfiar um dedo e botar a casa de pernas para o ar, como a um lençol. Lamentava não ter nascido uma picareta, ou um facho de luz, ou uma formiga.

Comecei a contar em voz alta, desesperado e pulando cifras, tentando me concentrar só na ação em si, assim como haviam nos ensinado na escola. Mas os números não me obedeciam e saíam da minha boca em grupos de dois, três, dez, até o momento em que acabaram e eu parei de resistir.

Como um lobisomem que vislumbra a borda da lua atrás das nuvens, eu me conformei.

As miçangas de cristal de vovó apareceram na minha frente uma após a outra, trançando-se na corrente bizarra de um DNA fantástico, como se, naquele mesmo instante, diante dos meus olhos, uma nova criatura estivesse sendo gerada. Seus globos cintilantes emitiam vozes e falavam todos ao mesmo tempo, produzindo um som tão estranho e tão conhecido, que eu tinha a impressão de estar assistindo justamente à escrita de um código primário, com o qual eu seria capaz de decifrar qualquer silêncio de qualquer universo.

"Pare, pare", eu ouvia sem escutar e respondia, simples e naturalmente, na mesma língua que de repente encontrara no meu cérebro, assim como os recém-nascidos encontram o mamilo da mãe. Teria dado qualquer coisa para morrer, para me desfazer em milhões de partículas e aderir àquela coluna tremulante e infinita, mesmo se isso significasse tornar-me parte de um monstro desconhecido. A voz de vovó, contudo, desapareceu do nada, da mesma forma como surgira, levando consigo o mais belo segredo que já se revelara para mim.

Retornei à minha ferida, que estava aberta de novo e purulenta. Deitei-me como um cachorro na soleira fria e azulada, enquanto ao meu redor o ar começava a ferver e a chacoalhar todos os objetos como se fossem medalhas de silicone. O monte de pedras junto ao barracão formava uma linha reta e comprida e começou a ondular como uma serpente rumo ao horizonte, que matraqueava como uma boca aberta. A casa me olhava de cima como um rosto de defunto, com persianas verdes no lugar de pálpebras.

Queria morrer com simplicidade, conforto, rápido. Queria que a morte estivesse sob meu controle, que eu a pudesse invocar sem gasto e sem esforço a qualquer instante. Isso tudo seria possível caso a morte tivesse sido inventada por alguém com mais discernimento, que não a protegesse tanto, reduzindo-a a uma mera função. Um terceiro olho, uma terceira têmpora, um coração do lado direito, que desconectasse unilateralmente corpos inúteis em caso de necessidade.

A impossibilidade de morrer justamente ao ter absoluta necessidade disso era a maior injustiça que já me ocorrera, e de injustiças eu tinha sido vítima inúmeras vezes. A começar pelo meu nascimento, de uma mulher perfeitamente alheia.

Em poucos minutos, o céu foi tomado por nuvens negras e fofas, assim como uma rua estreita fica repleta de carros e pessoas logo depois de um acidente de trânsito. A chuva – miúda e quente como os socos de uma menina – caía sem sentido e me fazia lembrar Jude. De seus cílios ruivos, como ganchinhos de bronze, com os quais me fisgou, enfiando-os por debaixo da pele em nosso primeiro encontro.

Uma faixa de calor, como se fosse uma serpente cor de laranja, brotou da minha mão e tomou o caminho das minhas veias, aumentando e inchando. O primeiro golpe me fraturou. A dor me cortou como a uma minhoca e me dividiu em dois corpos. O segundo deixou meus dedos vermelhos, misturando ossos e cartilagens e fazendo-os tremer num ritmo parecido com o do berimbau de boca. O terceiro golpe – em geral o mais consciente, porém inesperado naquele dia – me encravou uma unha, que caiu imediatamente como um caroço ressequido.

O céu começou a se embrulhar sozinho, como uma folha de papel, formando milhões de quadrados vívidos e perfeitos. A chuva não caía mais de cima para baixo, começou a escorrer na direção contrária, com milhares de fios transparentes organizados em colunas brilhantes e sonoras. A casa uivava com as persianas e a porta abrindo e fechando continuamente, e eu a golpeava sem parar e dava risada ao ver como a construção desmoronava pedra por pedra, como se fosse o fim do mundo. Choviam paredes, restos de madeira e de vidro, pedaços de escada maligna, privadas em forma de libélula e pipoca vermelha. O mundo inteiro se esmigalhava e só a minha mão permanecia intacta, como uma arma.

Quando mamãe me encontrou, estava tudo acabado. Deitou-se ao meu lado na soleira, quieta e úmida, como uma fotografia em processo de revelação, e pôs-se a me limpar com seu vestido branco. Aderi a ela como uma ferida adere ao curativo. Ficamos ambos assim, eu chorando e ela alisando minha cabeça com movimentos circulares – da maneira como fazia com Mika na infância.

"Seu bobo, seu bobo", sussurrava mamãe.

"Não sabe de nada, não sabe de nada", eu lhe respondia em nossa língua.

18

Os olhos de mamãe choravam para dentro

19

Passara-se uma semana desde o "ocorrido", assim como eu e mamãe o denominamos depois que parei de berrar. "Ocorrido" soava melhor do que "crise" ou "episódio", pois pressupunha o envolvimento de vários outros fatores naquilo que, na verdade, eu fizera sozinho. Papai sempre dizia que, se você está na merda, tem de levar junto com você o maior número possível de pessoas, pois assim dá para escapar mais fácil. Papai entendia de merda.

Óbvio que eu não podia ir ao médico, porque isso significaria outros desdobramentos. Em primeiro lugar, um médico perceberia de imediato que fazia quase duas semanas que eu não tomava mais os comprimidos, tornando-me mais perigoso que uma vidraça partida. Segundo, veria que mamãe não tinha nenhum controle sobre mim, embora isso qualquer pessoa sem preparo médico também pudesse observar. E, terceiro – consequência dos dois primeiros pontos –, um médico acabaria me isolando e solicitaria uma nova avaliação. Só que uma avaliação num país estrangeiro seria o fim da picada, pois metade dos meus documentos era falsa.

Fiquei em casa com mamãe, que se pôs a enfiar na minha goela abaixo todos os comprimidos que achava na bolsa.

Mamãe levava sempre seus comprimidos, mesmo quando ia abrir a porta para alguém. As oito embalagens de analgésico – estoque feito para o verão e que eu consumi em três dias – tanto acabaram com as minhas dores que fiquei com vontade de comer ininterruptamente. Eu me transformei numa lixeira aberta.

Eu me empanturrava sem parar, por vezes até no meio da madrugada, enquanto examinava o aspecto sinistro da privada-libélula. Comia qualquer coisa – enlatados quase decompostos, pão seco, queijo fedido, frutas azedas, molhos gordurosos, xaropes e sucos concentrados –, mas em especial a pipoca que mamãe fazia com os grãos de milho encontrados no balde vermelho. Todo dia eu devorava uns três ou quatro baldes abarrotados de pipoca salgada ou doce, com ou sem manteiga, com canela ou com geleia de cebola, um verdadeiro orgasmo.

Mamãe vinha todo dia ao meu quarto com notícias do vilarejo. Saía cedo toda manhã e até chegou a conhecer algumas pessoas. Embora fingisse que suas histórias bobas não me interessavam, eu ficava esperando por elas. Eu a ouvia subindo a escada desde quando punha o pé no primeiro degrau, que rangia cúmplice, emitindo um barulho que parecia mais de vidro esmigalhado do que de madeira. Seguia-se um silêncio de oito segundos, tempo que mamãe levava para percorrer a porção de escada que não estava podre e, contando até dois, eu já a via abrindo a porta. Sua presença não me entediava, nem me irritava – mantínhamos uma relação quase normal, o que em si constituía um sinal de alerta.

Contudo, o que mais me encantou naquela semana em que tive a experiência não só de uma cura clandestina da mão, como também da primeira sensação de felicidade pura da minha vida, não foi a pipoca, não foram as histórias, mas os sedativos de mamãe. Eram uns comprimidos brancos, opacos, com cinco arestas iguais e com um gosto meio doce e leitoso, como as balinhas que papai às vezes trazia da Polônia, no tempo em que ainda comíamos juntos à mesa. Tinham uma denominação comprida, que terminava em ...*pam*, como se lia na etiqueta cor de rosa que mamãe arrancara pela metade em uma de suas crises nervosas. Eram divinos.

Em todos os anos que se seguiram àquele verão, durante os quais fui a dezenas de psiquiatras em dezenas de cidades – psiquiatras em consultórios com campainhas de ouro e secretárias bonitas, ou então sem campainhas e com secretárias velhas, elas também malucas; psiquiatras caros e arrogantes, sem avental, mas de charuto; psiquiatras boçais e mentirosos com câmeras em seus confortáveis banheiros –, em todos aqueles anos em que tentei curar a minha loucura, que primeiro me torturou e me cobriu de todas as porcarias possíveis, e que depois me tornou rico e desejável, não encontrei comprimidos melhores do que aqueles do verão com mamãe.

Certa manhã, enquanto aguardava com o pescoço esticado de prazer que ela tirasse do potinho de plástico dois comprimidos e os pusesse na concha que fiz com as mãos, chamei-os de "pentágonos". Mamãe gostou muito. Deu uma risada longa e terna. Anos mais tarde, descobri que as mães dão risada das piadas bobas de seus filhos malandros, porém amados.

20

A mão, embora inchada e parecendo uma luva de críquete, começava a funcionar de novo. As feridas criaram cascas e não fediam mais. Os ossos pareciam estar inteiros, as cartilagens estalavam e se mexiam por baixo da pele empapada. Com uma tesoura de cozinha, consegui tirar de baixo da pele a unha esmigalhada e saí.

Os pentágonos surtiam efeito – eu ria sem parar, tudo me parecia novo e fascinante. Os objetos, os cheiros, as sensações – conhecidos, mas ao mesmo tempo despercebidos e jamais explorados de verdade – me flagravam nos momentos mais inesperados.

Pela primeira vez senti surpresa, dó, encanto – estados nos quais não me considerava capaz de estar e que nunca haviam me servido –, como se agora, finalmente, meus olhos tivessem irrompido, os olhos verdadeiros, crus e desvelados, com as retinas para o lado de fora, que viam muito mais do que era visível na superfície, para além da pele e dos ossos, detalhes que iam além das cores e das formas, mais longe que o céu e mais profundamente que a terra. Parecia-me estranho o fato de meu punho não se cerrar mais. Parecia-me estranho o fato de não desejar mais a morte de mamãe.

Passava o tempo todo observando insetos copulando, estudando a casa, que se tornara mais viva, ou arrancando aranhas de dentro da terra com pão mastigado grudado numa linha. Colhi flores. Cantei. Classifiquei nuvens e peidos.

Deitava-me de propósito na soleira da porta para assustar mamãe, que logo aparecia como um fantasma, não importava onde estivesse. Perguntava-me preocupada se eu estava me sentindo bem, e eu ria, ria, e lhe assegurava que em algum momento, com certeza, cometeria suicídio, mas não naquele dia. Mamãe me encarava por alguns segundos para se convencer de que eu não delirava e, em seguida, sumia de novo para dentro de casa – como um túnel que a engolia de uma vez, sem deixar vestígios.

Durante o dia, eu a observava ora na porta, ora numa janela, ora no gramado em meio às flores, como uma aparição capaz de atravessar muros e paredes só com o poder da mente. Era diáfana e se movimentava num de seus vestidos do qual não se separava mais, observando um objeto por longos minutos, como uma atriz de teatro mudo. Mamãe era alta. Da antiga mamãe não sobrara mais nada, e nem eu mais sabia quem era, quem tinha sido e o que estava realmente acontecendo conosco. Para mim, tinha certeza de que o fim, de uma maneira ou de outra, estava muito próximo, pois tanta coisa boa só podia acontecer a crianças ou a moribundos.

Enquanto isso.

Capturei uma libélula e fiquei ao lado dela o dia inteiro.

Contei os grãos de uma espiga de milho.

Bebi água da chuva.

Ajudei uma borboleta a nascer.

Mamãe me deixava em paz, desaparecendo e ressurgindo impelida apenas pelo temor de uma nova crise. Víamo-nos à mesa, três vezes por dia, quando ela me alimentava com todo tipo de coisas que eu nem imaginava que existiam. Queijo de jumenta. Caracóis. Miolos de boi. Medula. Línguas cozidas de porco e de vaca. Torta de rins e fígado de ave. Doces de semente de cânhamo e licores alucinantes.

Certa noite, após bebermos juntos duas garrafas de vinho, perguntei-lhe o que é que estávamos fazendo ali: nós dois, a casa, os vestidos, todo aquele verão ilegítimo? Mamãe respondeu que lhe restavam ainda quatro pentágonos e me tocou triste no rosto.

Encontrava-me num festim diabólico e meu lugar ficava na cabeceira da mesa.

21

De novo os joelhos. Miúdos e lisos, embrulhados no mais fino naco de pele do corpo, como se bem ali todo o seu ser se iniciasse, abrigando-lhe o coração ou algum outro órgão vital que a mantinha em vida. Joelhos brilhantes e recatados, ao lado dos quais eu tantas vezes caía como um cachorro, ou que tanto beijava pelas manhãs, por vezes com o temor de que se arrebentassem na minha boca como uma casca de ovo cozido, fazendo com que ela escorresse crua até a última gota, através das feridas feitas por meus lábios. Estiquei o braço para tocá-la, mas o sonho se desfez em milhares de pedaços coloridos e desapareceu como um calafrio, ainda vivo e retorcido. Moira.

22

Naquela manhã, um domingo catorze anos atrás, não ouvi os passos de mamãe subindo. A escada não rangeu para me avisar do perigo com a antecipação de oito segundos, e a porta se abriu repentina. Estava me masturbando enquanto pensava em Jude e não consegui dissimular de forma que parecesse que eu estava fazendo outra coisa.

Comecei a gritar, xingando e dizendo que só gente cretina não bate à porta e, para diminuir um pouco o embaraço, comecei a contar sobre a reação espontânea dos loucos, que são capazes de fazer coisas terríveis caso lhes seja imputado o sentimento de culpa. Parecia que todas as minhas palavras acabaram por diverti-la bastante, e a única coisa que fez foi escancarar a janela. Estava deitado na cama, as mãos culpadas coladas ao corpo, como um sarcófago, e me aterrorizei quando percebi que vinha na direção da minha cama.

Fazia alguns dias que eu não tomava mais os sedativos e poderia até mesmo, digamos, bater nela. No peito ou no ombro, ou nos seios – onde eu sabia que sentia mais dor, pois algumas vezes já a havia atingido ali. Mesmo que então ela não tivesse soltado nenhum gemido – para não me enfurecer mais ainda –, eu sabia que havia doído. Até os psiquiatras dizem que as mulheres têm mais dificuldade de suportar os socos de um filho do que os do marido ou de um desconhecido.

Mamãe se mantinha estranhamente calada, de maneira que parei de falar. Na ausência de sons, o medo começou a preencher minha boca – amarga e porosa, como um cogumelo – e a crescer e a me invadir com suas raízes roxas. Tudo se repetia, exatamente como daquela vez na igreja. Só que agora não havia balinhas e crianças do lado de fora, mas uma plantação maldita de girassóis que nos engoliu num vagalhão, enquanto cada flor estourava como um olho de peixe.

Ambos nos mantínhamos calados quase gritando, e o nosso silêncio era mais pesado do que qualquer outro som. Sabia que, o que quer que acontecesse naquele dia e naquele verão, seria para sempre.

"**Vem aqui comigo**", mamãe me disse, e suas palavras ficaram suspensas no ar como gotas de óleo num copo-d'água – boiando e chocando-se no espaço do quarto, com bordas trêmulas, decompondo-se e multiplicando-se, formando aquela frase simples várias vezes, sem parar.

ComigovemaquiaquivemcomigovemcomigocomaquiaquivemcomigovemmigoViaquicomigovemcomigocomoaquiaquivemcomigoventoVemaquiaquivemcomigoaquivemcomigovemcomvemmimvemmimquemaquiaquivemcomigoaquivemcomigovemaquivemcomigoventovenaquiaquivemcomigocomvemmimheinaquiaquivemcomigoaquivemmimvemcomigovemheinaquivaiVoumimmigovemcomigocomoaquiaquivemcomigovemcomigoaquimiVmigovemcomigocomoaquiaquivemmigovemmigo

Ainda as vejo – enquanto escrevo estas linhas – fervilhando por cima de mim como uma matilha enfeitiçada, aglomerando-se para me deixar espaço, como se eu fosse um velho amigo, naquele quarto que elas devoraram quase que por completo.

23

Acompanhei-a calado, caminhando atrás dela, na direção do seu segredo. Naquele dia, mamãe, branca e comprida como uma sombra matinal, tinha o cabelo solto. Podia ver, assim como qualquer pessoa que segue outra cegamente, apenas suas solas e seu traseiro, que se movia num ritmo estranho, como o do golfinho que vi uma vez no golfinário ao qual mamãe me levara para me livrar do desejo suicida. A canola cheirava a óleo bento, e o ar, a novo e bom, assim como é o cheiro do ar de uma caixa de sapatos desejados o ano todo. Mamãe por vezes virava rápido a cabeça para ver se eu ainda a seguia e, naqueles instantes, parecia uma mulher cujo rosto ficava para trás e que caminhava no sentido contrário.

Por trás da terceira colina, o sol nasceu. Amarelo, redondo, implacável – como uma lâmpada hospitalar dirigida para o meio dos olhos. Paramos no meio da trilha e nos pusemos a olhá-lo longamente, como se fosse a primeira vez, e logo pensamos num desejo. Foi assim que vovó havia ensinado a nós três: sempre que víssemos a lua ou o sol nascendo, deveríamos, com toda a força possível, pensar na mesma hora em um desejo, pois ele haveria de se realizar, haveria de se realizar sem falta. Vovó sabia tudo de desejos, mesmo cega e solitária como era.

Ao chegarmos à plantação de girassóis, lembrei-me de um sonho grandioso e inútil que eu tinha, e que eu sabia que jamais se realizaria de maneira alguma, em vida alguma. Mesmo assim, assaltado por ardor e fé, mentalizei aquele desejo, pois se vovó tivesse razão e o sol de fato pudesse realizar desejos, teria sido uma droga pedir um carro ou uma noite com Jude.

Mamãe parou de repente e, com ela, parei também, assim como tudo o que estava predestinado a nos acontecer naquele dia. Em seguida, ela pegou na minha mão e me puxou com ela na direção das flores grandes e tristes, que nos encaravam com suas cabeças dentadas. Eu não era mais filho, nem ela era mais mãe. Éramos um mortal assustado e uma feiticeira que conduzia sua vítima para um outro mundo. Demos o último passo, no que os portões do tempo se trancaram atrás de nós como uma braguilha invisível.

24

Os olhos de mamãe eram o desejo de uma cega realizado pelo sol

25

Quando quero contar quantos dias bonitos tive na vida, bastam-me os dedos da mão boa. Cada lembrança dura só um segundo e surge à minha frente numa única imagem, como a que é capturada pela retina dos mortos. Kalo uma vez me disse que essa teoria é uma besteira – a de que, antes da morte, o olho retém, como uma fotografia, a última coisa que se vê – e, por isso, levou um soco na cabeça. Fascina-me a ideia de morrer de olhos cheios. E me pergunto: qual terá sido a última coisa que vovó viu?

Meu arquivo está abarrotado de coisas negativas, pois anos a fio minha vida foi uma sucessão de ódio e merda. Por isso as imagens: o murro de papai com anel de ouro, Mika sendo levada na maca com as luvas penduradas por um elástico, vovó com tapa-olhos, Aneta no caixão e minha mão cheia de sangue, mamãe entre nogueiras e macieiras, tocos de pernas, Moira saindo pela porta com a estrela no pescoço. Há ainda muitas outras – algumas imagens se repetem ou se sobrepõem, pois é impossível ser sempre original ou sofrer de maneira inédita, mesmo sendo louco como eu.

Boas recordações, por outro lado, embora poucas e pálidas, ocupam mais espaço do que todos os arquivos purulentos juntos, pois uma única imagem bonita contém sensações, aromas e lembranças que duram dias inteiros. Essas recordações são a minha parte mais preciosa – pérola brilhante produzida pela concha viciosa. Broto verde da podridão humana que sou.

Várias vezes, quando penso na morte e me pergunto o que acontece conosco depois, quando tudo termina, no fim, as recordações são a minha resposta. O paraíso – pelo menos para mim – significaria poder viver repetidamente aqueles poucos dias, como pela primeira vez. Como se Deus ou algum anjo mais desocupado mantivesse os arquivos em *repeat*. Sempre soube que chegaria ao paraíso, pois exijo pouco e não preciso de ninguém para me servir.

Mesmo assim, dentre todas aquelas lembranças preciosas que levo sempre comigo, esperando que um dia – depois de escapar deste rascunho de vida que ora levo – possam se tornar de novo realidade, uma só é essencial. Uma só tem o poder de dissolver o breu, o mofo e o desespero.

O girassol.

26

Mamãe me chamou à plantação de girassóis para anunciar que estava às portas da morte. "Estou com câncer, Aleksy, um câncer maldito e agressivo", ela me disse, e o dia começou a coagular naquele mesmo segundo.

Seu sorriso de caule quebrado.
O verde que escorreu de seus olhos.
O branco de sua auréola ferida.

27

Mas eu não devia ter medo.

De certo modo, tudo fazia sentido – inclusive a doença, a pressa, seu câncer agressivo. Não poderia ter tido um câncer mais brando mesmo que quisesse, pois a vida toda fizera escolhas equivocadas. Mas viver também não tinha mais por que nem como, pois se cansara de tanta falta de amor. "Enfim tenho algo que é meu, Aleksy, que quer só a mim."

Mas eu não devia ter medo.

Com outras palavras, continuou, mesmo que naqueles minutos ela estivesse estirada num leito de hospital – rodeada por peritos médicos, e não numa plantação de flores ao lado do filho maluco –, o câncer maldito de qualquer modo a consumiria até a última migalha, a sugaria até o último osso, só que mais devagar. E ela queria um verão. Um último verão que pudesse viver como um câncer agressivo. Um verão em que pudesse morrer vivendo até o fim.

Mas eu não devia ter medo.

Tudo ficaria bem, até melhor do que antes, pois agora serei livre. Vou ter casa, carro e dinheiro e, depois que vovó morrer – porque vovó com certeza vai morrer –, vou ter mais uma vez casa, carro e dinheiro. Duas casas. Dois carros.

Dinheiro duas vezes. "Coisas suficientes para duas vidas, Aleksy! Vida suficiente para duas pessoas. Nem Jude vai resistir ao dobro. Nem Jude!"

Mas eu não devia ter medo.

Nem devia chorar, nem mentir para ela. Não hoje. Não é possível lhe faltar algo que nunca teve. Você não tem como transformar um vazio numa completude, se não acreditar. E, mesmo que acredite, Aleksy, nem todos que transformam água em vinho são Cristos. Talvez se tivéssemos vivido de outra maneira. Se tivéssemos tentado mais e se tivéssemos fingido mais. Talvez se tivéssemos sabido antes.

Mas eu não devia ter medo.

Mamãe e eu ficamos deitados na plantação de girassóis – calados e aflitos, como flores abortadas. Voltamos para casa ao anoitecer, debaixo de chuva e unidos pela mão delgada de mamãe, cordão umbilical ainda por cortar.

Mas eu não devia ter medo.

28

Os olhos de mamãe eram plantações de caules quebrados

29

O mistério das flores abortadas foi vendido por um quarto de milhão de libras esterlinas. Foi o primeiro quadro que pintei e depois dele abandonei, oficialmente, as drogas. Sacha disse que o comprador foi um japonês cuja filha morrera de câncer e que acabou se suicidando um ano depois. Esse tipo de informação não me alegra nem me entristece. Para mim, tanto faz aonde chegam meus quadros e quais as razões do comprador. Para mim, tanto faz se um dia todos forem vendidos, fazendo de mim o mais rico pintor ainda vivo, ou se todos forem queimados até virar cinzas junto comigo.

    De toda essa gente ávida e eclética que me cerca – intermediários que ganham mais que os artistas, diretores de galerias conceituadas ou duvidosas, críticos de arte mais loucos que eu, oligarcas russos e mecenas japoneses, milionários judeus que não reconhecem ser nem isso nem aquilo –, só Sacha tem interesse em me ver vivo. Se não fosse eu, até hoje ele estaria trabalhando como enfermeiro com um salário de estudante. No mais, todo aquele bando de hienas ficaria mais feliz se eu morresse – de preferência de câncer, como mamãe, ou de demência –, o que dobraria o valor dos meus quadros e seus ganhos já substanciosos e imerecidos.

Um dia lhe perguntei o que faria se eu morresse ou parasse de pintar, e ele me respondeu que continuaria vivendo do mesmo jeito, até que o dinheiro acabasse. Que gastaria até o último centavo com viagens, com hotéis, com champanhe e caviar, com nádegas rijas embrulhadas em seda, brilhando de manhã como um arco-íris nas varandas do Marais, com jantares copiosos no Meurice, com cafés do tamanho de um dedinho trazidos por Fran sob as pontes do Sena, com perfumes e echarpes, com vinhos envelhecidos e amores juvenis.

A resposta sincera de Sacha me deprimiu. Eu o invejava. Isso porque, diferente de mim, ele era capaz de se transformar de borboleta em lagarta e de novo em borboleta no mesmo dia. Porque ele era capaz de gastar uma fortuna, numa só noite, com bebidas e rapazes para, no dia seguinte, doar um sino à igreja, vestido de branco e com o padre à direita. Eu o odiava porque era capaz de ser tudo, mas sendo sempre ele mesmo, sem ser falso e sem afastar os que amava.

Perguntei-lhe, malicioso, se retornaria ao hospital em que havíamos nos encontrado para voltar a recolher fezes e virar de um lado para outro os pacientes paralisados, para que não criassem feridas nas costas e a carne deles não apodrecesse. Retornaria para a sua namorada formal e disforme, para a sua toca de verme, para a sua vida mentirosa e infeliz da qual só conseguiu escapar graças a mim?

Sacha respondeu que não sabia, mas achava que retornaria caso necessário, pois todo período de férias tem um fim, toda cor desbota, e ele já tinha vivido em três anos muito mais do que imaginara ser possível numa só vida. Muito mais do que achava ser capaz de sentir.

Mas eu – Sacha me perguntou – retornaria àquele verão se pudesse?

30

Passaram-se quase três semanas desde que havíamos chegado ao vilarejo. Mamãe emagrecera e parecia um badalo de sino dentro de vestidos agora largos. Certa manhã, apareceu de cabelo cortado no café da manhã. Ela mesma o cortara com a tesoura que eu tinha usado para arrancar a unha quebrada de debaixo da pele. Não perguntei por que havia feito isso, mas percebi que o cabelo que restou cobria agora menos a sua cabeça do que antes. Ficava bem de cabelo curto, disse-lhe. Vai morrer bonita, disse-lhe.

Piada de mau gosto, mas eu não conhecia outras. Tinha dificuldade em brincar com uma pessoa com a qual eu mal falara nos últimos oito anos. Uma pessoa que me chutou como se eu fosse um cachorro, justo no momento em que eu queria ser cachorro só para receber carinho. Mamãe riu. Lembrando agora, duas piadas nos uniram: a dos pentágonos e essa do cabelo. E ela riu nas duas vezes.

Perguntou-me se eu queria pipoca e eu disse que sim. Cerveja também? Cerveja também. Assim eram os nossos cafés da manhã prediletos – nocivos, claro, mas quem é que precisava de saúde no nosso caso? Um corpo devorado pelo câncer e um cérebro doente. Naquele verão, nos autodestruímos mais do que em todos os anos precedentes – mas jamais tínhamos sido tão cheios de vida. Mamãe parecia uma planta de estufa posta na varanda. Eu parecia um criminoso lobotomizado. Éramos, no final das contas, uma família.

"Aleksy", mamãe pôs-se a falar, culpada, com os dedos nervosamente apertados em torno da caneca de café, "me perdoe". Naquela manhã, mamãe parecia uma aranha jovem, que acabara de capturar na teia sua primeira vítima. Parecia a Mika, só que envelhecida. Ou vovó rejuvenescida. Nunca a tinha visto desse jeito, simplesmente por nunca ter sido assim. Mamãe me fitava com amor.

Esse seu olhar – que eu esperara e mendigara a infância inteira e pelo qual eu teria desistido voluntariamente de todas as minhas economias de criança acumuladora –, agora eu o recebia gratuitamente. Mamãe, enfim bondosa e sorridente, me dava de bandeja aquele olhar – da mesma forma como vendedoras bonitas de lojas de departamento distribuem produtos vencidos aos ingênuos.

Queria chutá-la de cima da cadeira assim como ela fizera comigo durante todos aqueles sete meses. Queria devolver aquele seu amor com um soco na cara e dizer que ficasse com ele, talvez tivesse a sorte de conseguir iludir alguém com aquilo no outro mundo. Queria arrancar dela, naquele exato segundo, com um alicate incandescente, todas as histórias silenciadas, todas as canções de ninar que ficaram por cantar, todos os cafunés a que tinha direito, mas que ela escondeu com mão de vaca.

"Mamãe, não precisa", retruquei na hora, e ela se calou. Terminamos de comer em silêncio e nos separamos o resto do dia.

31

Segui o conselho que mamãe me dera no dia em que pintei as persianas e entrei no barracão. Embora não houvesse nada de especial lá dentro, encontrei uma rede. Amarrei-a a duas ameixeiras do quintal e a transformei no meu lugar predileto. Ficava deitado nela horas a fio sem fazer nada, enquanto mamãe continuava esquadrinhando o vilarejo. Gostava especialmente de me balançar com o rosto para baixo – naqueles momentos, tinha a impressão de poder unir o céu e a terra com os dedos, como uma asa de pássaro.

Mamãe mudou muito. Seu rosto não era mais redondo e não terminava mais na papada. Ao redor do pescoço, nos cotovelos e debaixo dos joelhos surgiram ossos pontiagudos – miúdos e visíveis – como costuras malfeitas. Sua pele não brilhava mais, estava esticada e lisa, e começou a cheirar. O primeiro cheiro de mamãe. Mamãe cheirava a lápis recém-saído do apontador.

A maior mudança, porém, ocorrera não em sua fisionomia, mas, aparentemente, na cabeça. Mamãe não parecia mais tão burra como antes. Sabia de cor quase todos os insetos e plantas, até algumas denominações em latim. Além disso, conforme eu haveria de descobrir mais tarde, ela também falava francês muito bem.

Por vezes, quando não conseguíamos dormir à noite, saíamos da casa e ela me decifrava todas as constelações do céu. Falava-me de cometas e do medo que causavam nas pessoas, de universos paralelos e do tempo, que em outros mundos passa ao contrário. Contou-me, inclusive, sobre um planeta recentemente descoberto, bem semelhante à Terra – Kepler, ou algo assim –, mas acho que isso ela inventou na hora, para dar uma de sabida. "Imagina, Aleksy, ter nascido lá e não aqui? Olharíamos para toda esta miséria da Terra e daríamos risada de todos, segurando a barriga com nossos dedos verdes." Comecei a achar que pelo menos um dos meus pais não era completamente cretino. Papai achava que Plutão era nome de cachorro, e que "voluntariado" significava tirar a cueca no meio da rua.

Um dia, voltando da feira, mamãe se aproximou e pediu para se deitar comigo na rede. Para o meu espanto, a rede não se rompeu sob o nosso peso. Ficamos ali deitados como dois olhos de uma mesma cabeça enquanto contemplávamos, hipnotizados, camponeses arando, três colinas ao longe. Dois tratores novinhos em folha, com arados cintilantes como lâminas de barbear, deixavam para trás uma terra fresca e felpuda, como os *brownies* feitos pela mãe de Kalo e que comíamos na escola na hora do recreio.

As pessoas se preparavam para o outono, e as joaninhas esvoaçavam por toda parte, distribuindo notícias. Assim dizia Mika: "As joaninhas só voam quando têm novidades" e, em seguida, dava um beijo nas asinhas que se desprendiam de seus dedinhos, como se decolassem de minúsculas pistas. Que saudades dela, da minha querida Mika-rika-pika.

"O vovô também tinha um trator", mamãe me contou na rede, alegre como jamais a vira, balançando a cabeça como uma criança. "Se chamava Jakub e era vermelho, o trator. Vovó tinha muito orgulho de ter se casado com um tratorista."

Falou por quase uma hora – tão bonito que parecia citação de livro, de modo que não me atrevi a interrompê-la por um segundo sequer. Eu havia me tornado, finalmente, seu filho, e ela, mãe. Quando chegou ao fim da festa de casamento e à descrição de quanto vovó era bonita naquela época, mesmo tendo quatro irmãs e nenhum vestido novo, mamãe adormeceu. Permaneci imóvel ao seu lado, logo me transformando em pista internacional de joaninhas.

Por que mamãe não começou a morrer mais cedo?

32

Hoje Sacha me perguntou por que fico escrevendo o dia todo como um estagiário, em vez de pintar. Sacha, além do fato de ser um franco aproveitador, tem medo de que eu não consiga terminar os três quadros encomendados para a exposição em Antuérpia. Disse-lhe que, se está com medo, ele mesmo pode terminá-los. De qualquer jeito, ninguém vai notar diferença alguma – o estilo de um louco não difere muito do estilo de um iniciante.

Sacha virou sua cara de ratazana para mim e me olhou preocupado, dizendo que não era bem assim. Que, no mundo, existem muitos deficientes sem perna que são calhordas e se drogam, mas nem todos conseguem vender tão bem quanto eu. Mandei-o procurar um traseiro novo e me trazer o saquinho da cozinha. Saiu bravo comigo.

33

Os olhos de mamãe eram minhas histórias não contadas

34

Comecei a ir à feira sozinho, depois que, num domingo, mamãe desmaiou naquele labirinto. Uma velha que tinha um coelhinho enrolado num tapete foi quem a levou para casa. "Por causa do calor", diagnosticou ela com ares de especialista, "e porque é branca demais". Agradeci-a pela bondosa ajuda e, como resposta, a velha colocou um coelho esfolado nos meus braços, que acabei comprando na hora por dez euros.

Embora viesse se tornando mais bonita e mais inteligente, mamãe desmaiava com frequência cada vez maior e se mostrava cada vez mais fraca. Enquanto caminhava, seus braços pendiam ao longo do corpo como os das bonecas de pano, e os cantos de sua boca tinham caído, dando-lhe o aspecto de uma criança emburrada. Apesar de tudo, era a melhor mãe que eu já tivera ao longo de todos aqueles anos. Se acaso eu tivesse sabido antes que a doença faz isso com as pessoas, teria pedido câncer para mamãe de presente de Natal, em vez de sexo com Jude. Quanto a papai, acho que nenhuma doença seria capaz de mudá-lo.

Além da feira, eu fazia também a comida, embora, é verdade, mamãe continuasse executando todo o trabalho sujo, limpando batatas e cebolas. Essa troca de papéis se impôs também em outras áreas. Agora era eu quem surgia do nada nos momentos em que imperava o maior silêncio na casa, e então ela ria e dizia "hoje não, hoje não". Certa noite, decidimos juntos que eu precisava tomar todo dia meus comprimidos, que eu meio que negligenciara desde a história da mão. Seria arriscado demais se ocorresse de eu sofrer mais uma crise com ela *daquele jeito* em casa. "E escove os dentes", acrescentou mamãe, antes de me outorgar definitivamente o atestado de adulto.

Assim que minhas alucinações desapareceram por completo – no início eu sentia falta delas, assim como sentimos falta de um dente na boca –, me tornei quase normal e comecei a frequentar também outros lugares. Chegara a minha vez de voltar para casa com histórias inúteis trazidas do vilarejo, enquanto mamãe passava a maior parte dos dias deitada na rede.

Gostava do vilarejo porque ninguém se interessava por mim, mas também não me sentia estrangeiro. Percorria sempre o mesmo caminho – ia até a feira comprar comida, até a farmácia se fosse o caso, e depois ao Spar, comprar cerveja. A descoberta do Spar – lojinha de rede que fedia à água sanitária, destinada aos ingleses que vinham passar as férias no vilarejo – simbolizou para mim um dia de nascimento.

Além da cerveja boa, o proprietário também ali vendia linguiças de verdade, inglesas – não aquelas porcarias da feira com miúdos de animal –, que eu comprava por uma ninharia quando estavam perto de vencer. Ademais, havia ainda Delphine, que trabalhava no Spar às quartas e aos sábados, a vendedora das tetas mais incríveis que eu já tinha visto na vida. O problema era que Delphine sabia do valor de suas tetas, de maneira que os homens acabavam descobrindo, mais cedo ou mais tarde, que pagavam mais caro pelos mesmos produtos do que se tivesse sido uma mulher a comprá-los. Para falar a verdade, nunca entendi por que Delphine continuava trabalhando lá. Ela teria o mesmo sucesso se ficasse em pé na rua, com um decote generoso e uma caixinha vazia, na qual as pessoas depositariam moedas de cinco a vinte centavos só por deleite.

No vilarejo, havia ainda uma igreja, com uma espécie de pedra redonda no pátio, ao lado da qual estacionavam diariamente inúmeros ônibus cheios de mulheres com véus na cabeça e homens com camisa de manga curta que vinham encostar nela; um criadouro de cabras demonstrativas – que podiam ser beijadas, ordenhadas e fotografadas em troca de uma doação simbólica; um viveiro de peixes, em que se podia pescar só com autorização da prefeitura; e – entre o correio e o cemitério – uma gafieira para velhotes.

Além de Delphine, descobri mais alguns nomes: o da padeira, Odille; o da farmacêutica, Helene; e o do homem que vendia queijo de cabra, o preferido de mamãe – Gas-sei--lá-o-quê. Eu só o chamava de Gas e, em seguida, baixava o volume da voz para se tornar incompreensível, e sempre funcionava. Gas não ficava aborrecido, o importante era comprar o queijo.

Para ser exato, conhecia também a Varga, de quem falei no início, embora naquela altura só a conhecesse de vista, sem saber como se chamava; de todo modo, Varga não era do vilarejo, só vinha ali algumas vezes com espetáculos cretinos, por exemplo, *O furão e o malvado*.

Passear pelo vilarejo me fazia muito bem, embora fingisse o contrário. Assumia sempre um ar responsável e andava pela casa por uns dez minutos com o carrinho de feira, para mamãe notar que eu estava pronto para ir e ela se apressar com a lista. Em seguida, lia em voz alta a denominação dos produtos, que ela escrevia de maneira execrável, para convencê-la de ter entendido tudo. Pela primeira vez na vida, eu fazia algo por mamãe. Aqueles eram todos os meus presentes por todos os seus aniversários não celebrados.

35

Depois do sepultamento de Aneta, vovó ficou sem falar comigo por várias semanas. O fato de eu ter quase matado uma criança parecia incomodá-la muito menos do que ter passado vergonha por minha causa na igreja. Mas vovó não me perdoou principalmente por ter precisado me acompanhar ao pronto-socorro e ficar lá comigo a noite inteira, em vez de comer *golonka* e *gołabki* ao lado do homem que ela desejava e que estava, finalmente, disponível. Quanto perfume desperdiçado num miserável corredor de hospital.

Mamãe, claro, também se ausentou desse momento da minha vida, e só apareceu na manhã do dia seguinte, quando, enfim, levantou o fone do gancho. Estava bêbada depois de passar a noite com Kasza e umas garrafas de vodca. Sua chegada ao hospital só confirmou as suspeitas dos médicos de que a briga não fora casual e que eu era, assim como ela, psiquicamente instável. Papai, para minha alegria, não apareceu. Ficou sabendo de tudo uma semana depois, quando passou em casa para apanhar um dinheiro e quando já se sabia que o outro menino ficaria com sequelas pela vida toda. Ele então disse: "Melhor teria sido o contrário". Papai.

Minha mão começava a se mover de novo, e essa era a única boa notícia. A má era que os pais do cretino que disseminara mentiras sobre Mika registraram queixa na polícia e na escola. Agora toda a gente do bairro sabia que éramos uma família de assassinos. Catarros e cusparadas se multiplicaram diante da porta, e eu fui transferido temporariamente "para um lugar mais adequado às minhas necessidades", de onde não saí mais até quase os dezoito anos.

Nos sete anos de avaliação que se seguiram, incluindo tratamentos e limitações de toda sorte – que rapidamente transformaram a criança mal-amada que eu era num adolescente desequilibrado –, todo dia pensava naquilo que papai dissera. E toda vez lhe dava razão: "Melhor teria sido o contrário".

36

Certa noite, antes de se deitar, mamãe de novo começou com "Aleksy", e não tive mais forças para detê-la. Pediu-me para perdoá-la por ter me feito passar vergonha por tantos anos, por não ter me amado e por ter pensado mais em Mika morta do que em mim vivo. Depois me falou para jamais bater nos seios de uma mulher nem usar meias brancas, como papai. Perguntei por que ela e Mika tinham olhos verdes, e eu, azuis.

37

Certo dia, enquanto reunia roupa suja espalhada pela casa para pôr para lavar – agora fazia isso também, deixando mamãe só com a pipoca e o café –, encontrei meu telefone no *short* que usava quando cheguei. Estava descarregado, e o carregador tinha ficado, claro, em Londres. Meti-o no bolso, pensando em perguntar mais tarde, no Spar, se tinham algum cabo de reserva.

Eu havia me tornado amigo do verdadeiro proprietário do mercado – Karim –, que não parava quieto junto à porta, olhando nas bolsas das pessoas e sempre coçando o saco. No início, pensei que fosse vigia, pela aparência e comportamento. Uma vez mamãe ficou com vontade de comer pepino em conserva e fui perguntar ao francês arrumadinho, que todas as vezes se mostrava gentil e discreto, se eles tinham. Mas ele me mandou falar com Karim, dizendo em inglês: "*He boss*".

Demorei para conseguir explicar a Karim, em francês, o que eu precisava, sobretudo porque ele também não batia muito bem da cabeça – reconheço de longe tipos como eu. Finalmente, peguei um pepino fresco e apontei com ele para uma lata de cogumelos em conserva, e então Karim bateu as palmas das mãos uma na outra, sinal de que havia entendido, e me disse onde procurar. Depois me explicou, também com a ajuda de sinais, que se eu quisesse comprar umas linguiças vencidas, ele me faria um desconto na hora. Disse "ok" e dei no pé, ainda mais porque, de certo modo, parecia que estávamos falando de sexo, e não de linguiças.

Entre mim e mamãe se instalara uma harmonia difícil de explicar. Sem as alucinações, eu falava sem parar, e repetia as mesmas coisas várias vezes, como uma criança pouco inteligente. Mas ela não se fartava de me ouvir. Passávamos horas a fio – eu falando e ela sorvendo cada palavra, como se estivéssemos num hospital ou num cemitério, e não numa casa de férias. Agora mamãe saía ainda menos. Um passeio só de meia hora já a exauria e a fazia tremer. Costumava me esperar na janela, como uma samambaia num vaso. Eu via de longe como me observava e se levantava do sofá para segurar para mim a porta que, se ficasse aberta junto à janela, a corrente podia fazer bater.

Tão logo eu entrava, mamãe me perguntava "o que eu tinha visto", e isso era o bastante para eu começar a tagarelar, retirando da bolsa potes, pacotes, garrafas e caixas, e transferindo-lhe tudo com atenção, como se fossem bibelôs. Mamãe não parava de balançar a cabeça e arranjava tudo direitinho na geladeira ou no parapeito, ou nas cestinhas debaixo da mesa, feitas especialmente para conter frutas e legumes. Eu tinha apenas que pôr a cerveja na prateleira superior da geladeira, pois mamãe não conseguia mais levantar nada que pesasse mais que uma melancia, e não das grandes.

O telefone descarregado me lembrou de que fazia tempo que eu não falava mais com Jim e Kalo. Suas férias já deviam ter terminado fazia tempo, embora eu tivesse certeza de que não aconteceram como tinham desejado, pois era impossível que uma mulher, mesmo muito bêbada, se deitasse com Kalo. Jim teria mais chance, especialmente no caso de ter levado o violão. Ademais, Jim já havia transado no Natal, não tinha espinhas nem sorriso metálico, e suas roupas estavam sempre passadas.

Disse à mamãe que iria até o Spar procurar um carregador, e ela me pediu, gritando do outro lado, que passasse sem falta pelo John – o proprietário da casa – para já pagar o mês de agosto. Isso me deixou extremamente irritado e comecei a lhe explicar que não fazia sentido pagarmos por algo que nem sabíamos se iríamos usufruir, que seria melhor eu fazer duas viagens do que deixar o dinheiro guardado no bolso de outra pessoa. Estávamos apenas no segundo dia de julho, e mamãe queria desembolsar uma soma enorme, mesmo sem ter certeza se chegaria até a próxima semana.

Discutimos feio. Mamãe teimava como uma mula. Pegou o balde de milho – no qual guardávamos, como num cofre, quantidades maiores de dinheiro – e tirou seis cédulas. "Aleksy, pague também o mês de agosto", sua voz de repente assumiu um tom autoritário, e saiu toda vermelha. Só então notei que estava de meias e tremia de frio, embora do lado de fora fizesse um calor de rachar. Prometi que pagaria também o mês de agosto, mesmo sabendo que acabava de perder todo aquele dinheiro.

38

Karim me esperava com impaciência. "Quero lhe mostrar uma coisa", sussurrou-me assim que me viu entrar no mercado. Disse-lhe que não viera atrás de linguiça, que eu estava com pressa pois tinha encontro marcado, e que conversássemos outra hora – mas era como se eu falasse com as paredes. Karim batia as palmas das mãos uma na outra, sinalizando que me entendia, mas estava decidido a me mostrar a "coisa", custasse o que custasse. Empurrou-me com sua barriga peluda para a parte traseira do mercado, até me encurralar num canto. Podia desferir-lhe um murro na fuça, mas não queria começar um conflito, ainda mais com o dinheiro que estava comigo.

Tratava-se de uma bicicleta. Aquela velharia tinha caído nas mãos de Karim e ele agora estava em busca de um comprador, como abelha atrás de mel. Delphine me contou mais tarde que, daquele jeito, ele já havia assustado algumas mulheres que vieram comprar leite cedo pela manhã, conduzindo-as até a parte traseira do mercado, mas nenhuma ficou interessada.

"*Spéchil for iú, mai frend*", disse-me com um gesto teatral, empurrando uma fileira de caixas de detergente atrás da qual escondera a *bike* detonada, como se fosse um Maserati. Para mim, qualquer coisa que fosse carro tinha de se chamar Maserati. A bicicleta era "*tré bon*", e, como se fôssemos amigos íntimos, "só porque era eu e porque me respeitava", Karim estava disposto a me vender por cinquenta ou trinta e cinco, ou, vá lá, por vinte euros, se eu comprasse também as linguiças. Pensei comigo mesmo que não seria de todo ruim ter uma bicicleta, e lhe disse simplesmente "ok", deixando-o desgostoso e cheio de arrependimento ao lado dos detergentes esparramados por não ter começado a negociar a partir de um valor mais alto.

Tenho até hoje a bicicleta. Está guardada no barracão com todas as outras coisas que eu e mamãe juntamos naquele verão, ainda mais porque Moira morreu de rir quando lhe contei, certa noite, anos mais tarde, toda a história de Karim.

John morava do lado da igreja da pedra milagrosa, apesar de que isso, no caso dele, não parecia ter efeito algum. Além do seu caráter – que conheci profundamente alguns anos depois –, John tinha também um rosto repugnante, corroído por uma rosácea em último estágio. A meu ver, porém, John não era tão asqueroso por falta de um milagre, mas pela presença de um barrilzinho de sidra, engenhosamente escondido atrás da cortina da sala. John não parava de beber. Entretanto, parecia que, quando não estava bêbado – fenômeno muitíssimo mais raro que um eclipse solar –, o velho não era nada bobo. Conseguira comprar no vilarejo duas casas que alugava para turistas ingleses durante o verão e, assim, vivia o ano todo com o dinheiro faturado. Já o tinha visto uma vez com mamãe, quando fomos pagar o aluguel de junho. Naquela altura, ainda *não sabia* e a xinguei durante o trajeto todo por ter me arrastado debaixo de sol por duas horas para conversar com um alcoólatra.

    Vinte minutos esperando sem que John atendesse. Sentia que já estava sendo preenchido pela irritação, embora estivesse tomando meus comprimidos diariamente nas últimas semanas. Tinha quase certeza de que ele estaria apodrecendo desmaiado em cima do barril ou fermentando esquecido em algum canto da casa. Telefonar para ele eu não tinha como, pois meu telefone estava morto, e bater na porta não era opção por causa da cerca alta e da besta-fera que latia sem parar no quintal. Dei a volta na casa umas dez vezes, atirei pedrinhas na janela, fiquei com o dedo na campainha por quarenta e seis segundos. A anta, o canalha, o imbecil do John não saía. Como último protesto, decidi mijar no capacho do portão.

    "Cretino", ouvi uma voz de mulher atrás de mim, quando já tinha montado na bicicleta para voltar para casa. Era Moira.

39

Voltei de bico calado e fui direto para o quarto. Naquele dia, só mamãe falou. Gostou da bicicleta e me elogiou por tê-la conseguido a um bom preço. Por outro lado, me disse que não poderíamos comer as linguiças do Karim, porque estavam totalmente estragadas. Perguntou se eu queria uma cerveja. Gabou-se de ter estendido a roupa sozinha. Contou que visitara a velha dos coelhos e soube que domingo haveria uma feira de antiguidades, no lugar da feira de comida, e queria que fôssemos. Havia cozinhado milho, que finalmente ficara maduro, e no barracão encontrara um saco de ferraduras velhas. Os camponeses haviam terminado de arar as três colinas, e vovó não tinha se casado por amor, mas porque alguém precisava alimentar todo mundo, e Jakub era dono de um trator. E que eu terminasse de comer o pão para que não sobrasse, na manhã seguinte ela queria passar na padaria e no correio sozinha, já que estava se sentindo melhor. E aquelas flores amarelas do lado do milharal curavam qualquer doença do mundo – garantiu a velha dos coelhos.

40

No sábado não falei quase nada. Fingi que estava ocupado com a bicicleta para que me deixassem em paz, apesar de que, na verdade, enquanto olhava para as rodas, eu pensava em Moira. Mamãe, por sua vez, não conseguia parar de falar, despejando em cima de mim todo tipo de informações falsas sobre a juventude de vovó, do tempo em que era estudante, mas em particular sobre o primeiro amor dela – um polonês que tinha ido para a Inglaterra especialmente por ela, e que morreu num canteiro de obras. Mamãe e suas experiências sexuais eram as últimas coisas sobre as quais eu queria escutar. Desconectei-me completamente da parte sobre amor e voltei a prestar atenção quando a história chegou ao subsolo em que morávamos quando nasci e onde – apesar de ter tido só água fria por dois anos – vivi a época da minha maior felicidade.

Falou de como eu me derretia por *Ptasie mleczko* – umas balinhas que papai trazia da Polônia quase que por contrabando – e como quase morri uma vez por causa delas, pois as tinha escondido de Mika no verão dentro da bota e fui comê-las só no Natal.

Falou de como vovó, quando ainda não era cega, preparava para nós nos finais de tarde *zrazy*, *makowiec* e compota de pêssego, e ficava brava comigo e com Mika quando pedíamos ketchup, chamando-nos de *glupcy*, e mamãe de *odurzona kobieta*, por nos entupir de veneno.

Falou de Mika, com quem eu brincava, do lado de fora de uma banheira velha, de pirata e princesa – eu com uma vasilha na cabeça, ela com um trapo no lugar de cauda de vestido –, porque Mika queria ser princesa quando crescesse ou, pelo menos, se casar com um príncipe, para não ter de ser vendedora como mamãe ou motorista de caminhão como papai.

Mamãe falava e falava – nunca imaginei que soubesse tantas palavras. Deixei que pusesse tudo para fora, que despejasse até a última gota, embora eu percebesse que ela inventava coisas que não tinham como ser verdadeiras, pois na época em que teriam acontecido eu já não era criança nem louco e lembrava bem. Quero dizer, lembrava bem que elas simplesmente não existiram, que não ocorreram e, por mais que ela falasse delas de uma maneira muito bonita agora, às vésperas de morrer, elas não passavam de mentiras.

Seria bonito se tivessem existido. Se eu tivesse tido e sentido pelo menos a metade daquilo tudo sobre o que mamãe tagarelava naquele sábado daquele verão, mas as lembranças, assim como tudo o que é bom, são caras. E nós – ela, papai e eu – sempre fomos avarentos e preferimos investir em nós mesmos que numa lembrança.

À tarde, quando cansou de falar, ou talvez por ter percebido que eu não acreditava mais nela, mamãe se pôs a preparar macarrão. Tinha encontrado no barracão uma máquina velha, de manivela, que fazia massa em seis tiras e agora ela a girava como uma louca. Ao anoitecer, já tinha coberto de massa todas as mesas, cadeiras e parapeitos, até a poltrona revestida com seda, até o sofá, que protegeu previamente com folhas de jornal. O macarrão não parava de sair, amarelo e comprido, como tiras de pele, tomando conta de toda a casa com um vago cheiro de ovo e de coisa crua. Mamãe pegava nele toda feliz e o arrumava imediatamente num espaço livre, como se fossem elementos decorativos alienígenas.

Senti pena dela como jamais havia sentido antes por ninguém. Talvez só de mim mesmo quando vovó me obrigava a tomar ovo cru, porque fazia bem para a saúde; e eu tinha vontade de pôr as tripas para fora só de olhar.

Sentia pena de mamãe não porque estava prestes a morrer e sabia disso; não porque se transformara num palito e pesava agora toda a cerveja que eu bebia sozinho numa semana; não porque perdera quase todo o cabelo e estava sempre com frio; não porque fugira para morrer longe de casa ao lado de um filho que até um mês antes teria tido prazer em matá-la com as próprias mãos. Sentia pena de mamãe porque, num dia como aquele – em que se pôs a fazer massa e a contar sobre seus anos de felicidade, sobre o trator de vovô e as *Ptasie mleczko*, sobre quando eu ainda tinha saúde, sobre papai em casa, sobre Mika ainda viva –, ela teve necessidade de mentir.

De noite comemos até explodir. Mamãe ficara tão cansada que não conseguia mais permanecer sentada na cadeira, por isso empurramos juntos a mesa até o sofá, onde ela se aninhou num canto, encontrando lugar entre as massas ainda úmidas.

"Se Mika estivesse viva, não teria chegado a esse ponto", disse-me mais tarde, quando eu já estava subindo a escada para ir me deitar, e ela ficou triste no canto, como uma vela na escuridão.

41

Quando comecei a escrever este livro – ideia do meu psiquiatra, que achou que se eu revivesse cronologicamente aquele verão poderia voltar a pintar –, prometi a mim mesmo não mencionar Moira. A mínima lembrança dela ressoa em mim como uma bomba atômica: uma vez lançada, extermina dentro e ao redor de mim qualquer coisa, por vários dias e noites.

Mas como é que tudo terminaria se não tivéssemos nos encontrado na casa de John? Se ela não tivesse surgido na soleira naquela tarde – opaca e azeitonada, de cabelo ondulado como fabulosos filhotes de serpente – e não tivesse falado comigo? O que teria acontecido se eu tivesse ido embora antes de a porta se abrir, antes que ela houvesse falado comigo e se derramado toda dentro de mim num único segundo, como um copo d'água numa boca seca?

Provavelmente eu teria voltado para casa tranquilo e do mesmo jeito, como alguém que acabara de comprar uma bicicleta e que tinha uma mãe às portas da morte. Teria vivido aquele dia – ou melhor, o que restava dele – calmo, satisfeito e bêbado, lembrando-me de ninharias e sonhando com ninharias, masturbando-me entristecido com a cabeça em Jude e nos carros que haveria de herdar. Então eu teria passado um belo verão, mas implacável como uma monja, deixando para trás migalhas de felicidade e recebendo em troca uma vida quase intacta.

A ausência de Moira naquele verão teria sido algo mais simples ou mais complicado?

Mamãe não teria mais morrido?

Fiz essas perguntas milhares de vezes a mim mesmo – até o nosso acidente, mas especialmente depois dele –, esperando sempre que uma resposta viesse afinal e me absolvesse. Formulei-as sozinho e ensandecido, reunindo meus ossos de todos os cantos do quarto com palavras flutuantes; espichado em divãs duros de dezenas de psiquiatras, que passearam pelo meu cérebro como se fosse o saguão de um hotel sórdido; em dezenas de entrevistas e programas sobre mim e sobre minha originalíssima visão de vida.

Até hoje ainda as faço, quando não espero nem quero mais nada. Compreendo, porém, que não posso, nem tenho como, continuar sem ela. Que mesmo se eu arrancasse o nome e a imagem dela, se tentasse esquecer as letras que formam o nome, o cheiro e a cor dela, minha vida acabaria se assemelhando a uma roupa devorada por traças.

42

A feira de antiguidades era como se Deus tivesse tropeçado e entornado a bolsa. Gente por cima das coisas, coisas por cima de gente – vestígios de vidas passadas entrelaçados em faixas multicoloridas, como o cabelo de vovó em fotos antigas. Todos aqueles objetos outrora úteis no passado, mas que agora jaziam como entranhas junto à sarjeta, me deprimiam. Jamais compreendi a graça dessas feiras, mas como mamãe as considerava fascinantes, ao longo dos anos não deixei mais de frequentá-las e até mesmo as procurava em todos os países em que me encontrava.

Naquela manhã, acompanhei-a não por interesse em velharias – de todo modo, eu só tinha olhos para Moira –, mas por medo de que mamãe desmaiasse de novo.

Mamãe saltitava como um esquilo, de banca em banca, comprando toda sorte de quinquilharias e abarrotando extasiada o carrinho de rodinhas que eu puxava. Seis canecas amarelas floridas, uma jarra de barro com alça de vime, um abajur em forma de tulipa, doze pratos fundos, seis copos de vodca, uma caixinha de joias, duas molduras de quadro. Pensei comigo mesmo que, para alguém que se preparava para morrer dentro de um mês, mamãe era bastante otimista, imaginando que beberia vodca e emolduraria quadros, mas não disse nada.

Percebi que agora eu tomava cuidado com o que lhe dizia, xingava menos, escutava mais – coisas das quais não me considerava apto no geral, sobretudo em relação a ela. Uma hora depois, ela passou mal. Estava a dois passos dela quando começou a tremer, e a palidez do rosto virou cinza primeiro, e depois transparente, sinal de que em poucos segundos cairia dura. Estava segurando um vaso de cristal e se virou para mim, sorrindo, para me mostrar – "tem pombinhas, Aleksy, como as da sua cama" –, mas consegui segurá-la pelo cotovelo e comecei a arrastá-la para um canto e deitá-la na grama.

Água com limão, mas também a perspectiva de adquirir mais lixo, a ajudou a se restabelecer mais rápido do que eu esperava. Dez minutos depois, já estava de novo serelepe e curiosa, retomando o caminho exatamente onde o interrompera: no vaso de cristal que, claro, acabou comprando.

Seguiram-se um banquinho de couro para descansar os pés, duas varas de pesca e uma dúzia de anzóis, um telefone russo antigo, quatro frascos de perfume vazios (!), um broche em forma de lagartixa de olhos verdes, um bordado com desenho de patos. O carrinho só aumentava, e ainda não tínhamos visto nem um terço da feira que se estendia por uma superfície do tamanho de um aeroporto.

Arrastava meus pés como um escravo, pensando na burrice de mamãe, mas sobretudo na hipocrisia das pessoas. Para que compramos quatro copos, se só usamos um para beber? Para que montamos oito cadeiras, se comemos sempre sozinhos à mesa? Para que levamos um objeto para nossa casa, prometendo-lhe uma vida, uma história, e depois o deixamos intocado e inutilizado por dias, anos, décadas? Por que deslocá-lo de um cômodo a outro, de um pensamento a outro, envelhecendo-o e desgastando-o sem usá-lo, para no fim ele acabar dentro da cesta de uma moribunda ainda mais mentirosa, que, mesmo sabendo que vai morrer, ainda faz compras?

Eu, sem dúvida, estava do lado das coisas, e não das pessoas daquela feira. Eu, como elas, tinha estado sempre a mais, nunca tinha sido útil, triste resultado de uma negociação momentânea e esboço amarelado daquele que, um dia, haveria de se tornar o filho. Normal, capaz, enérgico, branco e corado como ovos de Páscoa. Mas porque o novo filho não vinha, e Mika morreu de repente, deixando atrás de si um vazio culpado e estilhaçando-nos todos como um para-brisa de carro, meu destino ficou em suspenso. Nem amado, nem desejado, nem descartável – uma espécie de abajur em formato de tulipa numa casa de cegos. Um frasquinho vazio de perfume. Um vaso de cristal com pombinhas na mesa de uma defunta. Se existissem feiras de antiguidades de pessoas, mamãe e papai teriam me trocado por um regador ou simplesmente me largado embaixo de uma banca e saído correndo.

Quando o carrinho já estava do tamanho de uma vaca depois de mamãe torrar todo o dinheiro, tratamos de voltar para casa. Eu fervia por dentro, mas prometi a mim mesmo não lhe dizer nada do que merecia ouvir naquele dia. Ela, por sua vez, não parava de falar: toalha, miçangas, concha, enciclopédia regional, coruja empalhada, bloco de cera, par de tesouras para tosar ovelhas – ouvia-a listar as coisas que comprou depois que eu desistira de acompanhá-la, aguardando-a debaixo de uma árvore –, espelho em forma de sol, dez discos de vinil, maquete de avião, vasilha de plástico decorada com milho, cafeteira...

A segunda parte do dia constou em desempacotar e enfileirar as "maravilhas" no chão da cozinha, com mamãe tagarelando feliz em torno delas. Disse-lhe que estava cansado e iria me deitar, na verdade com a esperança de livrar-me dela até que terminasse a "arrumação". A imagem de Moira ficara perdida entre as velharias. Nem mesmo Jude veio, ela que aparecia assim que eu me deitava. Abandonado pelas únicas visões atraentes do meu cérebro podre, adormeci na cama incrustada de pombinhas.

43

É estranho como podemos construir uma vida nova a partir dos restos de outras pessoas.

Mamãe encontrara um lugar para cada objeto comprado na feira da semana passada. Comíamos e bebíamos com talheres novos, tínhamos uma jarra nova de água, uma concha nova, compráramos no Karim uma garrafa de vodca, já que tínhamos seis copos, mas ainda estava fechada. O abajur em forma de tulipa funcionava de verdade e, de noite, estampava vagas formas de flor sobre as paredes brancas. A coruja empalhada e a maquete de avião acabaram no meu quarto, o espelho-sol, na porta de entrada, e o bloco de cera – embora ainda não soubéssemos direito o que fazer com ele – reinava no centro da mesa.

Mamãe se sentia bem e fizera alguma coisa com o cabelo. Estava todo armado e lembrava um dente-de-leão. Saía com mais frequência e fazia mais coisas, embora ao anoitecer já não quisesse saber de mais nada, empedernindo-se horas a fio na rede ou, se estivesse com frio, sentando-se no seu canto do sofá com as pernas esticadas no banquinho de couro. Ele era considerado o "achado" das compras dominicais, pois, além de bonito, tinha sido barato.

Ele está sempre comigo e o levo para onde for, como uma doença, até hoje.

Depois de me azucrinar por dois dias por eu não ter comprado nada, nada, e isso só porque eu era teimoso, porque ela vira muitas coisas que sabia que seriam do meu agrado, contei-lhe a minha tese sobre velharias. E de como me senti a vida toda, e dos pais de merda que ela e papai foram, e continuavam sendo, uma vez que ela ainda não tinha morrido e papai devia estar passeando de caminhão por algum lugar com sua nova mulher.

Isso fez com que ela parasse de me bombardear com perguntas. Disse-me que precisava passear pelo seu canteiro de flores fedorentas, mas salutares, e vazou. Voltou com o rosto marcado pelo pranto, mas não me comovi, porque eu também tive de tomar uma dose dupla de comprimidos para me acalmar. Mas ninguém se importava com os meus nervos, pois não era eu quem sofria de câncer.

44

Quando papai nos abandonou definitivamente, só eu estava em casa. Mamãe e vovó haviam saído de manhãzinha para receber mercadoria na loja e já inflar os preços. Vovó costumava dizer que os preços têm de ser fixados no mesmo dia em que a mercadoria chega, pois só então – quando a vemos pela primeira vez – podemos imaginar quanto uma pessoa irá se dispor a pagar por ela mais tarde. A intuição de vovó jamais se equivocava e, por isso, dentre todos os migrantes poloneses de Haringey, nós éramos os mais prósperos. Havia no bairro outras lojinhas – a Kalinka da Kasza e a venda de um ucraniano –, mas quem vendia mais era vovó. "Vamos baixar o salame para cinco, mas subimos os bombons a sete", sempre a escutava ensinando mamãe como fazer negócio. "Deixe-os contentes com a carne barata e verá como na hora vão ter vontade de comer doce, que a gente reajusta com o preço que quiser." Mesmo quando começou a enxergar muito mal, vovó continuava a colar as etiquetas de preço com as próprias mãos, e depois fazia mamãe lê-las todas em voz alta.

Em geral, depois da "recepção da mercadoria", mamãe chegava em casa tarde da noite, quando eu já estava dormindo diante da televisão ou na escada. Aguardava aqueles dias com impaciência – primeiro porque ficava sozinho em casa e, segundo, porque mamãe sempre me deixava umas *kotlety*, que eu devorava sem deixar vestígios, frias e desacompanhadas de pão.

Papai devia saber muito bem onde mamãe estava naquele dia – provavelmente ele a havia observado de manhã enquanto saía –, já que, cerca de meia hora depois, estacionou em frente à nossa porta um micro-ônibus branco e arrebentado, do qual saiu com uma mulher. Era loira e magra como um palito e estava usando um vestido de oncinha. Como se fosse mamãe, só que mais jovem.

Assim que entrou em casa, papai foi direto para as prateleiras com os enlatados, onde, dentro de um saco de farinha, mamãe escondia quantidades maiores de dinheiro. Ele tirou tudo – eram uns sete maços – e começou a xingar em polonês. Depois se dirigiu até o armário e, em poucos segundos, juntou todas as suas roupas de frio, alguns cobertores, travesseiros e toalhas e, no fim, arrancou do casaco de mamãe a gola de pele de lontra que ele tinha comprado para ela como presente de casamento. Os olhos da loira brilharam. Deixou imediatamente cair das mãos o saco enorme de plástico em que enfiara até então todos os trapos e a cingiu faceira ao pescoço. Eu lhe disse que era de mamãe, e ela olhou para mim e mostrou a língua como uma imbecil. Notei que tinha um piercing.

Papai levou de casa também a televisão, as colheres e os garfos de prata, os copos de cristal, um cartaz emoldurado que devia ter pensado ser de valor, mas não era, o ícone de vovó e a máquina de café. A máquina era pesada, mas conseguiram carregá-la juntos pela escada. Ainda segurei a porta para eles.

Quando pensei que já tinham terminado, a mulher apontou para o tapete no chão, dizendo para papai, em polonês, que deveriam levá-lo também, porque ela gostava de flores. Mas seria muito trabalho – teriam de tirar do lugar a cama, a mesa e as poltronas, de modo que deixaram para lá. "Cretino", disse-me papai na saída, cuspindo na minha direção e batendo a porta. Eu só iria revê-lo oito anos depois.

No dia seguinte, vovó disse que só lamentava pelo ícone, e mamãe respondeu que lhe compraria outro se parasse de chorar.

"Menos mal que escapamos ilesas", disseram as duas.

45

Mamãe sabia do câncer desde a primavera e já estávamos em julho. Os médicos lhe prometeram entre três e cinco meses e a obrigaram a assinar um papel em que recusava o tratamento. Mamãe não assinou, mas saiu com uma ideia fixa – de morrer na França, o país mais bonito na face da Terra. Só faltava me convencer a acompanhá-la, mas essa parte já contei.

Sua vida se transferiu completamente para a sala de estar. Agora ela não comia mais sentada na cadeira, mas no sofá – apoiada por um mundo de almofadas. Era ali também que lia ou fazia outras coisas. Continuava descascando batatas e cebolas, maçãs às vezes, debulhava vagens e, ao mesmo tempo, me triturava com todo tipo de pergunta estúpida.

Mas teimava especialmente em me orientar quanto ao que fazer com a minha vida *depois*.

Certa noite, quando me pus a fritar batatas enquanto ela esfregava uma folha de menta do jardim, cheirava as mãos e as enfiava debaixo do meu nariz dizendo "está sentindo, está sentindo, Aleksy?", perguntei por que, durante todos aqueles anos, ela havia mantido aquele rabo idiota de sereia e por que nunca tivera um corte como o de agora.

Mamãe falou por uma hora inteira. Em suma, sua resposta foi que uma decisão ruim é resultado de outra decisão ruim. Uma roupa feia e barata atrai outra roupa feia e barata. Um bofetão perdoado será seguido sem falta de um murro, e uma mentira aceita irá se transformar num cemitério de verdades. Seu rabo de sereia – que, aliás, ela sabia muito bem que enervava todo mundo – era um complemento de sua vida triste e sem sentido. Se tivesse, porém, mudado só aquilo, *o resto* ficaria ainda mais evidente.

Foi assim que ela se viu no meio de uma vida que não era dela, que vivia como se fosse sua por falta de outra, e quando Mika morreu e eu me tornei o que me tornei, a mudança que precisava não tinha mais como acontecer, pois já acontecera outra – uma mudança hedionda, que ela jamais havia previsto.

"Só pensamos na morte quando morremos, Aleksy, só quando morremos, é uma besteira, uma grande besteira. Porque a morte é a coisa mais provável que pode acontecer a alguém, mais que todos os sonhos. Na verdade, a única que não falha. Por isso, Aleksy, jamais cometa tolices, achando que vai ter tempo de corrigi-las, porque não vai. O tempo que ainda houver você vai gastar só para cometer mais tolices e para morrer mais rápido."

Mamãe teve razão aquela noite e em mais algumas outras que se seguiram. Mas ela não ficava bem de filósofa, nem mesmo às vésperas da morte, sobretudo porque sempre foi filha, esposa e mãe de segunda mão. Mas era uma maneira de preenchermos as noites. Claro que não segui nenhum de seus conselhos apocalípticos, embora agora eu veja que alguns poderiam ter de fato me evitado certas dores de cabeça. Mas arrependimento não é para mim, e há tantas outras coisas das quais realmente me arrependo, que, perto delas, as historinhas de mamãe se pareciam com instruções de preparo de comida congelada.

Queria conhecer um único jovem que tenha parado de cometer tolices só pelo fato de sua mãe ter pedido. Que diga: "Sim, que tal seria eu parar e fazer exatamente o que mamãe me diz, porque ela está morrendo e sabe das coisas". Talvez exista também gente desse tipo, mas com certeza são uns jovens velhos muito, mas muito infelizes.

Quanto a mim, em todos os anos depois de mamãe – tanto nos ruins como naqueles que as outras pessoas consideraram extraordinários –, continuei cometendo tolices. Não parei nem mesmo quando ficou óbvio que já era tarde e que, a partir daquele momento, nenhum tempo do mundo seria suficiente para corrigir qualquer coisa.

46

Dentre nós três – e isso foi uma surpresa ainda maior do que minha carreira de pintor –, só papai conseguiu corrigir as coisas de alguma forma e ser feliz na vida. Depois que fugiu aquele dia com todos os objetos de valor que havia na casa, nos vimos três vezes.

    A primeira, no enterro de vovó, quando me chamou do lado de fora da igreja e esmurrou meu nariz por eu não tê-lo chamado para o enterro de mamãe. Veio sem a polonesa, bêbado e de sandália, e quando as pessoas começaram a atirar areia no caixão, papai se pôs a gritar: "Megera do inferno, megera do inferno, megeeeera do inferno!". Depois conversou com cada convidado em separado, explicando que a velha havia destruído sua vida e que deveria lhe deixar ao menos o carro por tudo o que ele fizera por ela, mas Deus é grande e tudo vê. Despedimo-nos sem nos falar – eu coberto de sangue, ele chorando como uma criança sobre um túmulo desconhecido, com o padre lhe afagando o cocuruto.

    Na segunda vez, nos encontramos, se é que se pode dizer assim, depois do meu acidente com Moira. Sendo meu único parente vivo de sangue, a polícia ligou para ele e o chamou para assinar a papelada e tudo. Sua vinda me surpreendeu, além do fato de ter passado uma noite no hospital, imóvel numa cadeira ao meu lado, sussurrando de vez em quando "Aleksy, Aleksy". Não sei se chorou ou não, pois não me virei para ele, nem fiz nenhum outro gesto que lhe desse a entender que eu me importava. Quando me recuperei, e o médico me perguntou para onde eu iria e se era o caso de ligar para papai, respondi que não tinha pai, que aquele homem que ficara a noite toda à minha cabeceira era um doador de esperma de olho no meu dinheiro. Saí do hospital sozinho – sem pernas, sem parentes e sem Moira, como se tivesse terminado a escola pela segunda vez e no portão estivesse me esperando de novo a mãe que eu detestava.

O terceiro encontro com papai aconteceu por ocasião do meu primeiro vernissage. Não sei como ficou sabendo, pois ele só lia jornal para procurar emprego, mas veio. Sacha se aproximou de mim com cara de quem tinha uma estalactite enfiada no traseiro e me disse que um elemento suspeito, que alegava ser meu pai, desejava me ver. Respondi que, pela descrição, parecia ser ele mesmo e que decidisse sozinho se o deixaria entrar ou não. Papai veio com dois meninos loiros e gordos, idênticos a ele. Todos os três com corte de máquina zero e usando meias brancas. Sorriu a noite toda na minha direção, visivelmente embaraçado, arrumando a gravata curta e contendo os filhos, que ficavam colados como dois siameses. Tinha um buquê enorme de rosas brancas, horrendas e, pelo visto, caras, que passava de uma mão para outra a cada cinco minutos. Parecia sóbrio, mas mesmo assim nenhum dos garçons lhe ofereceu champanhe como fizeram com os outros convidados, obedecendo, provavelmente, a alguma ordem de Sacha. Não me aproximei deles nem logo depois da exposição, nem depois das entrevistas para a imprensa, nem depois que agradeci aos garçons pelo trabalho. Fui embora pela porta dos fundos sem dar explicações, deixando os três me esperando num canto, como patetas que perderam o trem.

47

Quase duas semanas se passaram desde que vi Moira pela primeira vez. Nesse meio-tempo, soube por Karim que ela era sobrinha de John, e que morava com ele todo verão, para ajudá-lo com os inquilinos. Segundo Karim, a moça tinha vários defeitos e nada a oferecer, embora não fosse de todo desinteressante, levando-se em conta as perspectivas. Ao ouvir a palavra "perspectivas", Karim bateu várias vezes as palmas das mãos uma na outra e, imediatamente, espiou o meu cesto para ver o que eu havia comprado. Depois da história da bicicleta – que o entristecera profundamente –, sentia-me de certo modo obrigado a passar com mais frequência pelo seu mercado.

    Foi Karim também quem me contou que Moira ia ao Spar todas as terças e sextas para comprar leite e bolacha. A bolacha era das mais baratas, as de margarina, e o leite, desnatado – o que, para Karim, dizia muito sobre a família dela. "E tudo isso vindo de gente que tem três casas e com certeza muitos milhões na Suíça, pois lá ninguém vai controlar se você pagou imposto para prejudicá-lo, como fazem aqui." Sem dúvida, Karim era um grande idiota, mas, assim como o tempo e os acontecimentos que se seguiram ao longo daquele verão viriam demonstrar, era um idiota com coração.

Na sexta-feira seguinte, disse à mamãe que ia passear de bicicleta. Era o que eu fazia quase diariamente – de manhã ou ao entardecer –, preferindo a estrada de papoula ou as travessas tortuosas do vilarejo, cujos gansos e cachorros já me conheciam. Mas o que eu queria mesmo era tentar surpreender Moira no Spar. Sentia que enlouqueceria se não a visse mais uma vez.

Fiquei na escadaria do correio, de onde eu podia ter uma vista panorâmica do mercado e esperá-la parecendo menos cretino. O correio pululava de gente, e isso me obrigava a mudar de lugar toda hora, dando passagem ora a um velhote, ora a uma grávida. Tomei conta do cachorro bravo de uma mulher enquanto ela comprava selos para cartas, e uma velhinha me pediu para guardar uma caixa cheia de filhotes de galinha e peru. Aparentemente, um novo festival agrícola ocorria atrás da prefeitura. Todos esses festivais e feiras se tornaram, hoje, parte de mim, que tanto amor nutro pelo vilarejo francês, mais do que por qualquer outro lugar no mundo. Não falto a nenhum desses eventos, não importa se é para voltar para casa com um punhado de tomates ou uma bolsa cheia de lã de ovelha. Naquela época, porém, eu tinha dificuldade em compreender como, em sã consciência, era possível organizar e levar a sério uma "Festa da Cherovia", uma "Liquidação maluca de produtos de ervilha" ou um "Concurso regional do melhor pimentão".

Apesar da agitação no correio, eu me sentia ótimo. De manhã havia tomado uma dose dupla de comprimidos, para ter certeza de que nada me irritaria, e escovado os dentes por dez minutos com movimentos circulares, para remover dentre os arames todos os restos de comida. Moira não estava em lugar algum. Comecei a achar que o idiota do Karim tinha mentido, o que não teria sido nem a primeira vez nem uma novidade.

Enquanto isso, fazia boas ações sem parar: ajudei um jovem em cadeira de rodas a subir uma rampa, empurrei um carro que pifou na rua, tomei conta de um bebê num carrinho na porta da farmácia e segurei a escada para um homem que grudava cartazes nas árvores. Num dado momento, achei que a tinha deixado escapar. Que Moira, afinal, havia passado para comprar leite e bolacha, mas em função da minha manhã agitada, andando para lá e para cá, eu simplesmente não a vira.

Essa ideia me deixou terrivelmente irritado, e fui me sentar debaixo de uma árvore para contar. Quando eu estava no vinte, a neta do padeiro do outro lado da rua apareceu na minha frente e me deu dois *croissants* "da parte de vovó, por você ajudar as pessoas". Era uma menina branquela e gorducha, que enfiava as mãozinhas na boca sempre que ria, transformando-se então em uma filhó. Agradeci e rimos juntos, depois acenei com a mão também para Odille, que estava justamente dispondo na vitrine tortas e doces recém-preparados para o fim de semana.

Os *croissants* e o pão de Odille eram os melhores que eu já provara até então, e continuam sendo os melhores – apesar de Odille e seu marido terem envelhecido muito, e a padaria ter sido repassada para a filha deles. A filhó também cresceu. Agora é alta e casada – mas continua sorrindo sem parar com as mãos na boca.

Já era meio-dia. O sino da igreja bateu em três notas, fazendo com que várias vendas e mercearias, a barbearia e a loja de pesca fechassem. Só a farmacêutica – embora tivesse pendurado na porta, assim como outros negociantes, o anúncio da pausa para o almoço – deixou uma janelinha aberta para urgências. O padre saiu da igreja, fez o sinal da cruz e desapareceu imediatamente no jardim, onde, durante o verão, comia a uma mesa de madeira. Blanche, a mulher com psoríase que tomava conta do carrossel do vilarejo, deitou-se sobre o dorso do hipopótamo e pôs-se a comer pão com manteiga. As crianças dos camponeses a aguardavam quietinhas atrás da grade até ela terminar e pôr o carrossel para funcionar em modo revisão técnica, pois assim não precisavam pagar pela entrada.

Karim batia as palmas das mãos uma na outra na entrada do mercado – o único que nunca fechava para a pausa do almoço –, enquanto Delphine e o marido, em mangas de camisa, comiam, estendidos na grama, uns sanduíches com data de validade provavelmente vencida. Dali da escadaria do correio, fiquei com a impressão de conhecer todo mundo do vilarejo, e se eu fingisse bastante, assim como fazemos quando desejamos realmente alguma coisa, era até capaz de me ver amigo de todos eles.

A realidade, porém, era outra. Moira não apareceu e era pouco provável que viesse justamente naquele momento. Não sei o que me fez pensar que poderia me aproximar dela daquele jeito, do nada, depois de ter me comportado como um idiota em nosso último encontro. Além do mais, precisava voltar, frente ao adiantado da hora. Mamãe talvez estivesse preocupada ou mesmo precisasse de ajuda.

Atrás de mim, a porta se abriu e uma mulher saiu do correio com uma sacola de pêssegos. Fitou-me longamente e me perguntou se eu tinha algum envio a fazer, achando que eu chegara atrasado. Fiz sinal negativo com a cabeça e lhe respondi em inglês que estava ali à toa. Ela também fez um sinal com a cabeça, me deu um pêssego e foi embora. Mas voltou alguns segundos depois e me disse, com palavras rápidas, como uma professora, para eu prestar atenção, pois a partir de segunda-feira ela entraria de férias e eu teria de ir até o outro lado do vilarejo para expedir uma carta, pois essa agência não funcionaria em agosto. Notando o meu olhar de bobo, ela apontou com o dedo para um anúncio na porta, que dizia exatamente a mesma coisa, só que em inglês, para os turistas.

O anúncio declarava que eu era uma besta e que perdia tempo com besteiras. Eu devia ser – e certamente era – um louco patológico para acreditar que aquela menina, um dia, ainda iria olhar para mim. Ou qualquer outra menina, aliás. Ou quem quer que fosse. Eu era um zé-ninguém, e minha vida não passava de um atulhado de ninharias. Vivia como um zé-ninguém e sonhava como um zé-ninguém. À minha passagem, em vez de pegadas, ficavam apenas pequenos sulcos cheios de nada, e as pessoas nem mesmo percebiam minhas pegadas, pois não é possível perceber o invisível.

Montei na bicicleta e acelerei de volta para casa, cruzando o vilarejo, quase vazio, com pessoas comendo, pondo as crianças para dormir ou fazendo amor; pessoas pensando no amanhã, nas férias, no ano; pessoas que calhei de encontrar pelo caminho e com as quais eu me sentia bem, embora não tivéssemos nada em comum, e para as quais eu não passava de um turista perdido no verão.

As papoulas da borda da estrada – vermelhas e numerosas – se transformaram, por causa da velocidade, em duas linhas ininterruptas, como duas faixas de sangue. Segui-as aos prantos e pedalando como um desertor, desejando uma única coisa: encontrar mamãe viva.

Agosto era o mês previsto para mamãe morrer.

48

Fazia três dias que chovia sem parar. A água lavara todo vestígio de cor e luz. A plantação de girassóis perdera as pétalas e agora parecia uma moça bonita devastada por acnes. Milhas de circunferências pretas, como crateras, se alçavam tristes por cima de caules amarelados e escalpelados vivos. Sentia quase fisicamente a falta das pétalas amarelas, das papoulas vermelhas, das ameixas cor de violeta – todas abatidas sem dó no chão – e de Jude.

Jude voltara e se comprazia de novo em meus sonhos. Sentia-me culpado por tê-la traído com tanta facilidade, nas semanas passadas, por uma quimera. Invoquei-a timidamente – uma só vez –, e ela veio sem reclamar, como uma velha amante.

O rosto de Moira, que eu trazia incrustado no olhar como um holograma, perdia aos poucos o contorno, reduzindo-se ao cabelo preto e tremulante, o qual, no entanto – desprovido do resto dos traços –, não conseguia despertar minha paixão. Dobrei a imagem como um lenço e a enfiei no fundo de uma gaveta, junto de outras coisas daquele verão, bonitas, porém inúteis.

Após ter retornado do correio naquela sexta-feira – assustado e com a face coberta de lágrimas –, mamãe começou de novo a se preocupar comigo. Seu olhar, como raios, me seguia por toda parte. Temia que minhas alucinações voltassem se eu deixasse de tomar os comprimidos; então ela se aproximava de mim toda manhã e toda noite para se certificar de que eu os tomava. Além disso, não desconfiava de mais nada.

Ela, por sua vez, começou a tomar morfina. Soube disso só no fim, quando encontrei remédios escondidos na caixa de absorventes. Lembro que, uma vez, quis perguntar por que ela precisava de absorvente todo dia, mas achei que ela ficaria desconfortável. Imaginei que fosse algo relacionado à doença, que doentes de câncer perdessem mais sangue ou qualquer coisa assim. Se eu soubesse como sofria... Não quero nem pensar nas dores pelas quais passou, embora três anos depois eu também viesse a tomar morfina em doses cavalares, para esquecer Moira, e nem isso fez efeito.

A chuva nos mantinha como reféns dentro de casa. Não saíamos para ir ao vilarejo e vivíamos do macarrão de mamãe e de ervilhas em conserva. De todo modo, ela quase não comia mais, e eu não ligava para o que eu enfiava na boca. Por nos encontrarmos num vale, a casa chegou a ficar totalmente rodeada por água, como uma ilha. "Se eu morrer hoje, vou achar que estou em Veneza", disse ela certa noite, dando risada e esticando as pernas no banquinho de couro.

Seguiu-se uma longa história, parcialmente inventada, suponho, sobre a lua de mel com papai. Em resumo: mamãe queria ir para Veneza, mas papai a levou para Klaipėda – cidade portuária na Lituânia, onde ele tinha um primo estivador – e lá eles descarregaram sacos de um navio durante quatro semanas. Depois de um mês, quando retornou a Londres e tinha decidido abandoná-lo, mamãe descobriu que estava grávida de mim. O aborto teria sido a única solução razoável, mas vovó se escandalizou e lhe explicou que famílias com filhos recebem subsídio. Não que eu alimentasse ilusões a respeito do meu surgimento no mundo, mas essa história de mamãe era a última coisa que eu gostaria de ter ouvido.

Passávamos o tempo jogando cartas ou palavras-cruzadas, e mamãe ganhava sempre. Como do lado de fora esfriou repentinamente – não como no inverno, claro, mas o bastante para mamãe –, acendi o fogo da lareira. O barracão estava cheio de lenha, a ser utilizada pelos turistas que vinham festejar o Natal. Mamãe gostou tanto da ideia de acender a lareira em pleno verão que, certa noite, cantou todas as canções natalinas que conhecia em polonês. Depois, disse que queria tomar um banho bem quente e com muita espuma, assim como costumava fazer em todo réveillon.

Enchi a banheira e passei meia hora ajudando-a a tirar a roupa. Desabotoei todos os botões de sua blusa. Puxei a meia-calça. Descolei do seu corpo duas camisetas de algodão. Ajudei-a por trás com o sutiã. Deixei-a só de calcinha, que ela tiraria sozinha. Mamãe parecia um saquinho de ossos. Fiquei assustado ao vê-la e lhe disse que não poderia deixá-la entrar sozinha na banheira. Peguei-a nos braços e fui soltando-a devagar na água como um barquinho de papel. Fechei a porta e fui lavar a louça.

49

Os olhos de mamãe eram claraboias de um submarino de esmeralda

50

Encontrei-a boiando na banheira de cobre – branca e leve, o cabelo cobrindo-lhe o rosto como algas transparentes. Seus olhos verdes, arregalados, cintilavam na água como dois cacos de esmeralda. Estendi-me primeiro na direção deles para salvá-los, como se fossem a chave de um mundo encantado que eu quisesse ressuscitar. O resto do corpo prosseguia dócil e flácido, como uma camisola de lã.

Estiquei-a no chão, gritando que não morresse. Que não se atrevesse a morrer. Que não morresse antes da hora como uma traidora, pois o verão ainda não tinha acabado e lá fora só chovia, o outono não tinha chegado. Que não morresse por vários outros motivos, confundindo tudo. Que mantivesse a palavra pelo menos uma vez na vida e morresse como tínhamos combinado – não afogada na banheira, como uma menina desmiolada. Que não morresse agora. Que não morresse assim. Que não morresse, se possível. Não de imediato.

Mamãe permanecia calada, de olhos arregalados, nua e sem respirar. Sacudi-a por alguns minutos, fazendo os seios esvoaçarem em todas as direções e a água respingar do seu cabelo, que voltou a ser penugem de dente-de-leão.

Ficamos imóveis – eu gritando e ela balbuciando – até que toda a água que nos cobria escorreu pelo chão e nos rodeou com um círculo úmido, como um feitiço. Eu tinha chorado daquele jeito só quando Mika morreu, e naquela ocasião papai não me permitiu gritar ou correr atrás dela, porque homem não chora nem corre atrás de mulher.

Quando mamãe se recobrou e começou de novo a resfolegar no meu peito como um lactante, eu a perdoei. Dei-lhe um soco no peito de raiva e a embrulhei na toalha para não se resfriar.

Mamãe foi a primeira mulher nua que segurei nos braços.

51

No dia seguinte, a chuva deu trégua e a água recuou. Mamãe estava viva, mas precisava de um médico. Jurou que não quis se suicidar e que tinha só passado mal por causa da água muito quente. "Acredite em mim, Aleksy, por favor, por que é que eu morreria justamente agora?" Arregacei as calças para poder sair de casa, montei na bicicleta e fui ao vilarejo atrás de ajuda.

As ruas estavam vazias, os jardins estavam vazios, os quintais estavam vazios. Cheias, apenas as janelas das casas que, vistas de fora, pareciam quadros em movimento. A pedra redonda da igreja jazia no meio de uma poça, como a careca de um velho. Até a janelinha de urgência da farmácia estava fechada. Não sabia o que fazer. Não sabia onde encontrar um médico, não sabia para onde telefonar, e nem telefone eu tinha, pois não conseguira um carregador. Sentei-me de novo na escadaria do correio e comecei a contar.

"*Mai frend, mai frend*", ouvi atrás de mim aquela voz familiar.

Mesmo se Deus tivesse falado comigo, não teria me alegrado tanto.

Só consegui chegar com um médico ao entardecer. Era um velho marroquino que Karim conhecia muito bem e que tínhamos ido buscar de carro numa cidadezinha a cinquenta quilômetros de distância. Quando contei a Karim que mamãe estava morrendo e que a tinha deixado no sofá de casa embrulhada em cobertores, ele não falou nada. Dirigiu-se calado para os fundos do mercado, de onde voltou após alguns segundos já dentro de um carro e me fazendo sinal para embarcar.

Depois de o marroquino examinar mamãe, lhe dar uma espécie de pó para reidratar e enfiar não sei que líquido em sua veia e mais alguns comprimidos na boca para ajudá-la a dormir, Karim o botou dentro do carro e disse para eu não me preocupar. "Está fraca demais", avaliou o marroquino ao partir, "precisa se alimentar".

Fiz menção de pagar pela consulta, pela gasolina e por tudo o que fizera por mim naquele dia, mas Karim não quis saber de nada daquilo. Saiu de mãos dadas com o marroquino, para não escorregar na soleira úmida, conversando sobre impostos e chuva, como se só tivessem vindo tomar um café com velhos amigos.

O gesto de Karim – sobretudo por vir dele, que era e continua sendo avarento – foi o mais humano que já recebi. Dois dias depois, quando fui de novo até o seu mercado para comprar comida, Karim se comportou como se nada tivesse acontecido, batendo as palmas das mãos uma na outra como de costume e me perguntando se eu queria linguiça.

52

A pergunta mais frequente a que sou obrigado a responder nas entrevistas – todas parecidas, como mulheres mal-amadas – é onde e quando comecei a pintar. Pergunta idiota, a meu ver, e desprovida de essência. Seria muito mais interessante se me perguntassem *por que* comecei a pintar. Nesse caso, talvez fosse capaz de oferecer – sobretudo se a senhora jornalista ou o senhor jornalista tiver a sorte de eu haver fumado um baseado naquele dia – uma resposta realmente interessante. Que reforçasse ainda mais a minha imagem de gênio desequilibrado, ou mesmo só a de desequilibrado, e acabasse com todas as especulações sobre como a arte transforma a vida de um louco.

Mas ninguém me perguntava. Por dez anos, continuei respondendo com banalidades às banalidades, como se um bando de idiotas brincasse com uma batata quente, preenchendo espaços e acrescentando páginas à pasta azul que Sacha fazia engordar a cada mês. Folheei-a uma vez para ver como é que percebiam a minha existência, e quase vomitei diante de tanta mentira e besteira escrita por gente inteligente.

Uma jornalista da Ucrânia foi a mais divertida, viera "me introduzir" num catálogo de pintura contemporânea ou algo parecido e havia sido enviada pois eu falava a mesma língua. A mulher tinha um gravador do tamanho de um dicionário, com fita cassete e umas teclas que produziam um som de osso triturado quando se encostava nelas. Ela me deu uma medalha amarrada numa fita vermelha de não sei qual associação, um potinho de pepino em conserva e um beijo nos lábios, enchendo-me de saliva.

Comunicou-se comigo só em ucraniano, fazendo que sim com a cabeça toda vez que eu lhe dizia não falar nada de ucraniano e apertando as teclas do gravador uma depois da outra. De vez em quando, enquanto eu olhava para cima e a xingava em polonês, ela me interrompia esticando a mão diante da minha cara.

Depois de uns vinte minutos – em que repeti três mil vezes que não falava ucraniano –, a mulher se ergueu, como se alguém houvesse batido com um martelinho em seus joelhos, e me disse solenemente: *"Thank you very much, mister Aleksy"*. Quase mijei de tanto medo, cretina do diabo.

Não sabia como reagir, sobretudo porque, depois daquela frase, ela não se moveu mais, contrariando minha expectativa, e ficou parada no meio da sala, esperando algo aparentemente importantíssimo. Desesperado, comecei a chamar Sacha aos gritos, mas ele estava no telefone com um de seus amantes, o que costumava durar horas e terminar com soluços e um copo de xerez na sacada.

A jornalista estava cada vez mais nervosa. Começou a se comportar como um garçom que espera a gorjeta, mas que é orgulhoso demais para esticar a mão. Perguntei várias vezes se ainda podia ajudá-la com alguma coisa, mas, além de um sorriso bobo, não consegui arrancar mais nada. Tirei do bolso um resto de dinheiro – devia ser uns trinta euros – e lhe estendi ao acaso, certo de que não aceitaria, mas esperando que, sentindo-se ofendida, vazaria mais rápido. Errado de novo. Ela pegou o dinheiro na hora e, descontente, como se eu tivesse entendido tarde demais, foi embora correndo, como se fugisse do local de um crime.

Sentia-me como no fim de uma orgia, não de uma entrevista, e disse tanta merda para Sacha que ele começou a gemer como um cachorro com medo de ser despedido.

Três meses depois – quando já tinha me esquecido do incidente, e Sacha já havia contado a história nas mais diversas versões para todos os seus amantes do momento –, recebi o material pelo correio. Em ucraniano, claro. Era o artigo mais incrível que já li sobre um pintor.

Depois de uma introdução em que a autora conta como chorei ao vê-la e como piedosamente beijei a medalha, o pote de pepinos e a ela mesma como a "uma irmã", a filha da puta começou finalmente a falar também dos quadros.

"*Esses fragmentos de cores vívidas, inspirados, evidentemente, nos idílicos verões que só existem em Zalipie, de onde se originam os avós do artista, nos fazem experimentar uma outra dimensão da vida; e a Imensidão – essa inconfundível imensidão do mar Báltico – continua fluindo, impetuosa e dolorosa, pelas veias do artista, como um ácido...*"

O que li sobre mim me deixou tão constrangido que, mesmo que fosse pego me masturbando na ópera, não teria me sentido pior. Se o constrangimento tinha nome, era o meu. Aquela miserável poderia ter facilmente descoberto, se tivesse o mínimo de interesse, que jamais estive na Polônia e que, com exceção das *Ptasie mleczko*, que quase me mataram na infância, eu não tinha nenhuma lembrança ligada àquele país. Menos ainda para que fluísse "como um ácido" pelas minhas veias o mar Báltico, ou, aliás, qualquer outro que o valha, pois na minha cabeça só havia espaço para as águas do oceano.

Escreveu também que os quadros *Igreja com farol violáceo* e *Onda com recheio de mamãe* seriam uma ode em homenagem à minha esposa, que faleceu num acidente de carro do qual apenas eu sobrevivi, embora não tivesse saído inteiro. Diante disso, jurei quebrar a cara dela caso voltasse a vê-la, embora, pelo bem dela, eu espere que isso não aconteça.

Porque, na realidade, tudo aconteceu diferente: tanto as conchas, como a morte de mamãe e o acidente com Moira.

53

Fazia dois dias que olhava para mamãe divertindo-se na praia como uma cadela velha. Deixava o vento bater em cheio no rosto, abria os braços e saía correndo em círculos, de olhos semicerrados, até cansar. Atrás dela, duas fileiras de pegadas que pareciam palmas de criança viradas para cima.

Quando queria descansar, mamãe se sentava na areia úmida e fazia castelos com torres, ameias e bandeiras de alga ou igrejas polonesas – conforme suas lembranças de infância. Chegou mesmo a construir um caixão minúsculo a partir de uma pedra retangular, que ela empurrou para dentro da igreja com um palito. Do lado do caixão, mamãe colocou dois pedaços de uma perna de caranguejo morto partida ao meio, simbolizando a mim e ao padre, e no lugar do sino pendurou no campanário um fragmento de vidro quebrado, que brilhava belíssimo aos raios do sol. De longe, parecia uma vela ou um farol violáceo.

* * *

Eu também me divertia. Trepei numas pedras enormes e estranhas, que, naquela época, não sabia que formavam um quebra-mar, e media com os dedos até onde o mar alcançava. Parecia-me fantástico estar em cima de um monte de objetos de forma fálica e não parava de tirar fotos. Tinha telefone de novo. Karim me arranjara um carregador por quarenta euros – só porque era amigo dele e só porque me respeitava tanto.

Às vezes mamãe desaparecia completamente de vista e então eu me colava como um molusco à rocha abrupta, que acabava na água como a barra de um vestido verde. Acariciava o musgo esverdeado e viscoso, da mesma maneira como gostaria de acariciar Jude, tentando adivinhar que bicho iria se aproximar primeiro de mim: uma gaivota, um caranguejo ou uma centopeia. Quem aparecia primeiro em geral era mamãe, para beber chá da garrafa térmica e exclamar como uma atriz americana: "Ah, Aleksy, a vida é tão bonita!". Depois ela ia de novo correr com o vento.

Mamãe sentia frio e tremia cada vez mais. Parecia pelada sem os vestidos vaporosos que a cobriam da cabeça aos pés como uma espuma multicolorida. Não os usava mais nem em casa – certa noite eu a vi juntando-os todos dentro de um saco, como se fossem mudas de pele. Perguntei o que deveria fazer com eles depois, e ela me respondeu, dando risada: "Queime-os e espalhe as cinzas ao vento". As piadas de mamãe eram cada vez mais legais, e ela também se tornava cada vez mais legal naquele verão, que também estava cada vez mais legal.

À noite eu dormia dentro do carro, e ela se enfiava no saco de dormir e ficava acordada, brincando com o céu como se fosse uma tela enorme de computador. Via como balançava a cabeça sorrindo, tentando repaginar os corpos celestes com o dedo – essa estrela à direita, a lua à esquerda, nuvem *delete*, Ursa Menor *zoom* – ou seja lá o que ela estivesse pensando naqueles momentos, pois não queria interrompê-la e dizer que se comportava como uma louca de pedra.

Na noite em que chegáramos à praia, o sol já se pusera para não mais voltar. O oceano nos recebeu encapelado – algumas ondas eram pequenas e perfeitas, como se fossem de manteiga congelada raspada com a colher. Outras eram grandes e tridimensionais e faziam eu me sentir dentro de um Imax, num filme sobre os mares da Terra. De longe eu via como elas vinham e cresciam e se precipitavam furiosas na minha direção, mas nenhuma conseguia me atingir, arrebentando insípidas a poucos metros de mim.

Conversara com Jim um dia antes. As férias em Amsterdã tinham sido um fracasso. Kalo fumou algo esquisito na primeira noite e vomitou nos dias seguintes como um idiota num hospital da periferia da cidade. Jim se deitou com uma mulher, mas não acho que tenha sido grande coisa, posto que não me forneceu detalhes e tentou mudar rápido de assunto. Perguntou como estavam sendo as minhas férias de sonho com mamãe, e disse que iam bem. Tive um ímpeto de contar sobre o câncer, sobre Moira, sobre tudo, mas desisti. Jim provavelmente me teria dado os parabéns pela morte de mamãe, sabendo o quanto eu a odiava antes. Naquele momento, entendi que não havia nenhuma pessoa com quem eu pudesse falar sobre mamãe, além de mamãe.

A ideia de que havíamos passado o verão quase todo às margens do oceano, mas que só agora tínhamos ido à praia, me irritava terrivelmente. Foi Karim também que me abriu os olhos no dia em que fomos buscar o marroquino.

Mostrou-me uma placa num cruzamento e me explicou que dali se chegava, em quarenta e cinco minutos, ao oceano.

Mamãe disse na hora que queria ir também quando lhe perguntei se podia ir um dia sozinho à praia. Sugeriu, aos risos, alugarmos um carro no nome dela, mas que eu dirigisse. De todo modo, não havia risco nenhum: ela estava para morrer, eu, doente, não tinha como ser preso. Fomos antes até a loja de pesca do vilarejo e compramos um saco de dormir e, depois, até o Spar – atrás de cerveja e de todas as linguiças vencidas, e partimos.

O caminho foi fabuloso. Pegamos um Volkswagen vermelho, porque mamãe insistira, "vermelho, vai, vermelho, vai", embora eu quisesse um Audi preto; ela dirigiu até a esquina, depois paramos e trocamos de lugar. Pus a música no máximo e dirigi a quarenta por hora, provocando engarrafamento e irritando todos os motoristas, aos quais mamãe, embrulhada numa manta no banco de trás, lançava sinais indecentes. Chegamos só à noitinha, depois de ter errado o caminho umas dez vezes e de mamãe sentir-se mal umas duas; mas estávamos felizes e ruidosos, como uma família vivendo as mais belas férias da vida.

Este capítulo incoerente e desprovido de qualquer sentido provavelmente não fará parte do livro, mas em todo caso deixo-o aqui, se alguém – psiquiatra ou crítico psicopata – desejar estabelecer a cronologia do que aconteceu comigo durante o verão de mamãe.

54

Na manhã em que deveríamos voltar ao vilarejo, mamãe se enterrou pela metade debaixo das conchas e me chamou para enterrar a outra metade, pois era incapaz de fazê--lo sozinha. Disse-lhe que pegaria um resfriado: batia um vento do mar, a areia estava molhada, ela tinha câncer e as ondas arrebentavam enormes. Mas mamãe insistiu. Enterrei-a despejando em cima dela punhados de conchas miúdas, até a ponto de, em seu lugar, formar-se uma protuberância nacarada, como uma onda petrificada que falava e assustava as gaivotas.

A onda com recheio de mamãe era indescritivelmente bela e emanava uma luz multicolorida, como um arco-íris prestes a morrer. *O arco-íris moribundo* foi o terceiro quadro, que jamais venderei, pois era o preferido de Moira, o qual ela pretendia pendurar no dormitório para que o contemplássemos toda manhã e à noite, e para que mamãe visse que nós olhamos para ele e se alegrasse. Agora está com ela.

Deixei-a lá, deitada, coberta de conchas, como numa crisálida, até que as ondas começaram a chegar perto demais e eu disse que seria melhor irmos embora, mas nem assim ela quis me escutar. Respondeu que preferia morrer naquele exato segundo, pois não poderia haver morte mais bonita, sobretudo depois de uma vida tão sem graça como a dela.

Permanecemos calados até começar a chover e eu, recordando que estava ao volante, disse-lhe que deveríamos partir de verdade naquele instante e que parasse de fazer onda.

"Aleksy, você vai se lembrar de mim como?", perguntou de repente, como uma ave que acabara de ser decapitada, mas que ainda se debatia. "Diga do que você vai ter mais saudade."

"Uma única coisa, Aleksy."

"Vai, uma coisa."

"Só uma."

"Aleksy, Aleksy."

"Uma coisa não é muito."

"Por favor, Aleksy."

"Por favor."

"Os olhos", respondi, e comecei a desenterrá-la, membro a membro.

"Os olhos, está bem, Aleksy."

55

Os olhos de mamãe eram conchas brotadas em árvores

56

Uma surpresa me aguardava na porta – um bilhete de Moira. Nele estava escrito que eu lhe devia vinte euros e que iria me esperar terça-feira ao meio-dia no Spar para que eu lhe entregasse o dinheiro. Lembrei-me de que pagara a bicicleta a Karim com parte da grana do aluguel, mas, como as coisas naquele dia se desdobraram da forma como se desdobraram, esqueci-me de lhe dizer. A ideia de revê-la me deixava indiferente, como se tivesse consumido na praia todas as sensações de que era capaz e me transformado também numa concha. Porém, antes do encontro, escovei os dentes com movimentos circulares durante dez minutos.

Moira tinha comprado leite e bolacha, e me esperava na saída do mercado. Cumprimentei-a e lhe estendi duas notas de dez, acrescentando logo em seguida que me desculpava pelo que se passara da última vez e que não tinha o costume de urinar no capacho dos outros. Ela deu risada e disse que não conseguiu atender a tempo porque John tinha caído no banheiro e ela teve de estendê-lo no sofá e estancar-lhe o sangue. Por educação, perguntei se ele estava se sentindo bem e ela disse que sim, estava bêbado de novo.

Perguntei onde na Inglaterra ela morava, e me respondeu não morar lá. Seus pais haviam se mudado para Paris alguns anos antes, e ela vinha ao vilarejo todo verão ajudar John com os inquilinos. Moira havia de permanecer até o fim do mês, o que significava mais duas semanas.

"Nós também", repliquei, percebendo, só naquele momento, que o verão estava prestes a acabar.

Ela continuou falando, mas eu não escutava mais. Depois do "nós também", senti uma necessidade urgente de estar junto à mamãe, de me teletransportar, de desaparecer – o que fosse, mas de estar do lado dela. Recomeçar aquele verão do zero e voltar ao dia em que fora – gorda e pequena – me buscar na escola no seu aniversário. Deixar de odiá-la e ressaltar quão bonitos eram seus olhos, antes que me perguntasse.

57

Desisti de escrever faz alguns dias, por não ver mais razão nestas recordações. Mas, na ausência de Sacha – que foi até o vilarejo buscar dois quadros que estão com Moira –, não tenho com quem falar. Retorno ao caderno como a um placebo.

...

Ontem à noite sonhei de novo que encontrei mamãe morta entre maçãs. Moira também estava nele, flutuando no ar com a cabeça de um lado, e das pontas de seus longuíssimos dedos pingava sangue em câmera lenta. As gotas pequenas e espessas brotavam primeiro em círculos bem definidos, depois floresciam subitamente e se transformavam em papoulas, que ficavam penduradas no ar como numa estufa imaginária. Dirigi-me até mamãe para salvá-la, mas, depois de alguns passos, minhas pernas desapareceram e foram substituídas por duas rodas imensas, obstruídas por milhões de caramujos cujas conchas eram feitas de casca de noz.

Despertei transpirando, e a primeira coisa que me passou pela cabeça foi enrolar um baseado, mas para isso eu deveria passar pelo quarto de Maria e descer até a cozinha, onde guardo a erva, e com certeza ela acordaria. Maria sempre ouve as rodas quando chego no piso de lajota e sempre vem com o seu "tsc, tsc, tsc".

Maria é a mulher paga para cuidar de mim e da casa, mas parece que, depois que a empreguei, ela se esqueceu da palavra "casa". Uma lombriga no meu traseiro – essa é Maria.

Arrastar-me pela minha própria casa me parecia o cúmulo, embora não viesse a ser a primeira vez. Fiquei deitado na cama pensando em mamãe e Moira – as únicas mulheres da minha vida que me amaram, cada uma a seu modo. Mamãe não existe mais, e Moira não aparecia já fazia um ano. Sacha, que voltou do vilarejo trazendo os quadros, me contou que todas as ameixas haviam sido colhidas, e que as persianas estavam cobertas de tinta fresca. Moira estava com boa aparência – acrescentou, com cuidado –, embora não o tivesse reconhecido à primeira vista. Depois do acidente isso passou a acontecer com frequência, mas considerava que o esquecimento não era algo necessariamente ruim. Quantas vezes desejei esquecer tudo – se não a vida inteira, pelo menos os últimos dez anos –, mas as lembranças não me largavam.

Alegrei-me com o que Sacha me contou: que Moira colhera as ameixas e pintara as persianas. Gosto de chegar no inverno, e a casa me acolher como um paralelepípedo de cinto verde.

Se eu pudesse, mudaria as coisas ao menos para Moira. Aceitaria com prazer voltar no tempo e morrer junto com mamãe naquele dia, só para não encontrar Moira nos degraus da escada. Para não tê-la jamais conhecido e destruído sua vida azeitonada.

58

Depois das chuvas e do frescor no início de agosto, o verão voltou bruscamente, como uma doença que não havia sido curada por completo. O sol batia forte como no começo, inundando o vilarejo com inquietação e calor. Nos quintais apareceram crianças e animais, e nos jardins – debaixo das árvores mais velhas – mesas de madeira para refeições tardias. As cores ressuscitavam tímidas nas flores e nas roupas das mulheres, os homens fumavam com tragadas maiores e davam risadas mais sonoras. As meninas do vilarejo, magras e bronzeadas como corças, contrastavam fortemente com as inglesas que vinham passar férias – brancas e desajeitadas como filhotes de ganso.

    A plantação de girassóis se revigorara graças a umas flores jovens que se salvaram da chuva e que agora brotavam para a vida. Suas pétalas delgadas e graciosas pareciam pequenas coroas de cera sobre a cabeça de noivas esquecidas. Mamãe chorou ao vê-las, dizendo que aquelas flores eram como ela – belas, porém tardias. Mamãe chorava todo dia por qualquer motivo – uma lagarta atropelada, uma perna deformada de ave. E só a canola – que fedia muito mais que antes – se regozijava na preciosa atenção das abelhas, sendo a única planta que havia resistido à intempérie.

Karim – igualzinho a uma mosca – sentiu no ar a mudança e logo se adaptou, pondo à venda sacos de carvão, caixas do *rosé* mais barato possível e um novo lote de linguiças. Vendeu tudo mais rápido que os pães de Odille, pois as grelhas fumegavam no vilarejo como sinalizadores de fumaça, anunciando sabe-se lá que inevitável maravilha ou, como costuma acontecer na vida com maior frequência, uma catástrofe. Só as papoulas – minhas preciosas papoulas purpúreas – haviam morrido num caminho sem volta e não iluminavam mais a estrada naquelas faixas cor de sangue. Sem elas, os passeios de bicicleta se tornaram mais tristes e despropositados.

A natureza, porém, se regenerou com rapidez, produzindo no lugar delas dezenas de colônias de caramujos, que ganharam a estrada de ambos os lados. Os caramujos eram minúsculos, de conchas brancas ou castanhas e corpos viçosos, como embriões visguentos. Percebi que gostavam de doce um dia quando, sem querer, derramei meu refrigerante em cima de umas plantas e eles começaram a se arrastar na direção delas como se tivessem um motorzinho. Nunca tinha visto caramujos com pressa – eram tão ridículos que ri deles por uma hora. Tentei ajudá-los a se mover mais rápido, empurrando-os pela traseira com um palitinho, mas eles se escondiam um depois do outro em suas casinhas e não saíam mais, mesmo os cutucando na barriga.

A partir daquele dia, levava-lhes sempre água com açúcar. Espalhava-a pelas folhas de bardana na margem da estrada – por serem mais largas que as outras – e depois ficava observando horas a fio como suas fuças feiosas devoravam cada naco de xarope cristalizado. Quanto mais de perto os olhava, mais forte era a constatação de como eram nojentos. Apesar disso, nunca ouvi ninguém dizer – nem mesmo uma criança, que nunca mente – que caramujos fossem repulsivos, da forma como as pessoas costumavam se referir a mim e à mamãe, por exemplo.

Adorava o fato de ter-me tornado domador de caramujos – ou domador de qualquer outra coisa –, mas gostava especialmente da ideia de a minha presença ser aguardada com tanta alegria não dissimulada. Bastava eu deixar a bicicleta na grama e tirar da mochila a garrafona de água, para que os caramujos começassem a se mexer na minha direção, como uma horda de dementes, pressentindo a delícia do xarope. Lambuzava minha mão com doce e comiam dela; entravam na garrafa e lambiam a tampa; invadiam minha mochila e meus bolsos; escalavam minhas pernas peludas como troncos de palmeira. Graças a mim, aqueles caramujinhos perdidos e inúteis deixaram de ser uma colônia insignificante, substitutos temporários de um punhado de papoulas perecíveis. Os caramujos eram agora uma potência, um império e, além disso, tinham também um líder.

59

Fazia um tempo tão bonito que, toda manhã, eu ia até o vilarejo comprar pão ou frutas, ou simplesmente alimentar os caramujos, e às vezes levava mamãe comigo. Tinha enrolado uma toalha no cano da bicicleta, improvisando uma espécie de assento mole, sobre o qual ela se aninhava como uma menininha, segurando-se na minha cintura. Era assim que eu saía, com ela colada ao peito, sem me importar com o que os outros pensariam de nós. Devíamos parecer, no mínimo, estranhos, sem dúvida, mas não teria sido a primeira vez e, além do mais, éramos ingleses, o que já explicava muita coisa.

Mamãe, embora já tivesse definhado quase por completo, estava indescritivelmente bela. Seu rosto, que no passado se estruturava em três camadas, derretera e se transformara num triângulo de dois pontos verdes. O triângulo se apoiava num pescoço fino e comprido, que girava suave para a esquerda e para a direita, sem fazer um único ruído, perfeitamente construído. Certa noite, ela fez um turbante a partir de um pedaço de pano comprado na feira de velharias. Era um tecido grosso de linho de cor laranja, com listras vermelhas e amarelas – como uma fatia de outono –, que parecia extravagante na nossa paisagem rural. Tanto o turbante quanto suas cores contrastavam fortemente com o sol, com o verão e com toda aquela alegria circundante, mas combinavam com seus olhos verdes e com tudo aquilo que sabíamos que deveria acontecer.

Depois da morte de mamãe e de eu ter-me encontrado com Sacha, pedi a ele que emoldurasse o turbante com uma das molduras do barracão e que o pendurasse na parede do dormitório.

Percebi que, após passarmos dois meses e meio no vilarejo, os moradores não nos consideravam mais turistas, como o resto dos ingleses. Odille nos oferecia com frequência pão e brioches de graça. Quando eu voltava para casa depois de fazer a feira, não raro encontrava na sacola, entre frutas e flores, um pepino ou um maço de rabanetes que eu não tinha comprado. Num sábado, um velho deu de presente à mamãe duas abóboras enormes, só pelo fato de ela ter comprado dele todas as cenouras. Mamãe ficou muito feliz e o abraçou como a um pai.

Até a velha dos coelhos nos trouxe, um dia, uns miúdos e me explicou por meio de sinais que os desse só para mamãe, porque estava muito fraca. Em seguida, soltou uma risada com seus dentes perfeitos e voltou para casa, abrindo uma senda pela plantação de canola com suas nádegas enormes.

Encontrei-me com Moira no vilarejo algumas vezes. Tinha cortado o cabelo curtíssimo e, agora, suas cobrinhas pareciam decapitadas e menos sublimes. Um dia, quando foi comprar leite e bolacha, e eu e mamãe, linguiça, apresentei-as. Mamãe lhe perguntou algo sobre John em francês e me surpreendi com seu ótimo conhecimento do idioma.

Moira, de sua parte, observou-a triste e fugidia, virando o olhar para o outro lado. Moira foi a única que compreendeu, embora só viesse me falar sobre isso muito mais tarde.

Mamãe provavelmente percebera meu olhar e, do nada, convidou-a para comer linguiça e beber cerveja à noite em nossa casa. "Vamos também fazer uma fogueira", acrescentou mamãe, "Aleksy é especialista em acender fogo". Moira deu um sorriso, prometeu vir sem falta, e de fato veio, desencadeando, sem saber, o maior sofrimento da minha vida.

No caminho de volta para casa, enquanto mantinha minha mão apertada na sua, segurando com a outra o saquinho de linguiça que farfalhava como uma flâmula, mamãe me disse ter gostado muito de Moira, caso eu viesse a ter alguma dúvida mais tarde.

60

Aquela noite foi uma catástrofe sob todos os aspectos. Queimei os dedos e carbonizei as linguiças. Moira veio acompanhada de John. Por já estar bastante bêbado, ela não quis deixá-lo sozinho em casa. John bebeu toda a nossa cerveja e perguntou à mamãe se tínhamos mais alguma coisa. Mamãe tirou do armário a garrafa de vodca, que se evaporou em uma hora. Sugeri preparar a massa de mamãe no lugar das linguiças, e Moira concordou. É claro que ninguém perguntou nada para o John.

A conversa não fluía de jeito nenhum, embora mamãe tentasse me deixar o máximo de espaço, sacrificando-se em entreter John. Moira não tinha opinião própria sobre nada e, por duas vezes, pareceu-me até ser profundamente religiosa. Não que isso me assustasse, mas eu não era capaz de participar de uma discussão sobre judaísmo naquela noite.

Graças a Deus, não foi necessário. Mamãe acabou desmaiando de repente e precisamos arrastá-la com a ajuda de Moira para dentro, e depois lhe prestar socorro, pois começou a tremer como uma drogada. Depois da garrafa de vodca, John não conseguia levantar nem um dedo, então telefonei para Karim para que o levasse de carro para casa. Karim pediu bastante dinheiro e foi devidamente pago.

Num certo momento, no meio da noite, Moira me contou que tinha um namorado dez anos mais velho que ela, e eu, ato reflexo, disse que minha garota se chamava Jude e era manequim.

Dois dias depois, quando fui visitar Moira para pedir desculpas por tudo aquilo, mas sobretudo para lhe dizer a verdade – Jude não era manequim, nem minha garota –, John apareceu na soleira, dizendo-me em voz alta que Moira tinha ido embora mais cedo para Paris e que só voltaria no próximo verão. Revi Moira exatamente um ano depois, mas nada mais foi o mesmo.

61

Por cinco dias mamãe não saiu da cama. Nos dois primeiros, não comeu nada, só pediu água com limão e recusou a visita de um médico. Estava tão branca e miúda que, em duas ocasiões, depois de rolar para o outro canto da cama, saí para procurá-la do lado de fora. Eu havia encontrado dentro de casa, em cima de uma estante, umas revistas sobre jardinagem, que lhe dei para ler. Passou o dia inteiro com elas, estudando as plantas e suas denominações, e concluiu: "Quanta coisa eu poderia ter feito nesta vida, Aleksy, em vez de vender rosquinhas e picles".

Perguntei se tinha contado à vovó do câncer, e ela respondeu que vovó só sabia uma parte da verdade – que tínhamos ido nós dois passar o verão juntos na França para tentar fazer as pazes depois de todos aqueles anos. Como se vovó fosse uma besta quadrada. "E com ela, quando você fará as pazes?", perguntei. Elas tinham brigado três anos antes, levando mamãe a deixar a loja. Vovó foi atrás dela várias vezes, pedindo que voltasse, até chorou uma vez, mas mamãe lhe disse: "Não volto mais para aquele lugar nem se eu morrer de fome". "Tanto trabalho, toda esta vida infernal para nada", respondeu vovó antes de sair pela porta, como se deixasse uma casa destruída por um terremoto. Na cozinha, mamãe caiu no choro, mas não cedeu.

Eu tinha sido o motivo da briga. Uma vez, por ocasião de não sei que festa religiosa de vovó, várias mulheres se reuniram, inclusive mamãe, que me levou. Depois de algumas garrafas de vodca, todas as peruas caíram em cima de mamãe, dizendo que deveria arranjar um homem, fazer mais filhos e educá-los como se deve, não como eu. Mamãe perguntou o que significava "como se deve", e aí vovó se intrometeu e disse: "Se você lhe desse uma surra de vez em quando, ele não teria ficado assim. Na nossa família nunca teve louco, e ainda por cima nós crescemos numa pobreza maior que a sua". Todas as mulheres balançaram a cabeça afirmativamente e se serviram de mais vodca, no que mamãe se levantou da mesa e foi embora. Naquela noite, vovó veio até nossa casa para lhe dar uma bronca, dizer que havia falado com ela como mãe, lembrar-lhe quem havia comprado a casa dela e a alimentado todos aqueles anos, mas mamãe não a perdoou. No dia seguinte já não foi mais à loja, obrigando vovó, que estava cega, a chamar uma sobrinha para ajudar.

Dois dias depois, mamãe se sentiu um pouco melhor e quis comer abóbora. Precisei de alguns minutos até compreender exatamente o que ela tentava me dizer, achando, a princípio, que simplesmente delirava. Fervi a abóbora numa panela gigantesca, sem cortá-la, e depois, com uma colherzinha, lhe servi o miolo mole e alaranjado. Comeu um copo inteiro, e eu a elogiei como quem elogia uma criança bem-comportada que não deixa nada no prato. Jamais imaginei chegar a ponto de dar de comer à mamãe com uma colherzinha ou fazer outras coisas que começara a fazer naqueles dias. Talvez, se houvéssemos nascido ao contrário – eu mãe, e ela, filho –, tudo tivesse sido melhor. Disse-lhe que estava com medo, que, se ela morresse agora, eu não saberia o que fazer e que seu plano não tinha funcionado – Moira só voltaria dentro de um ano.

"O ano praticamente já terminou, Aleksy, já estou praticamente morta, e você começa a esquecer", respondeu.

62

O verão se aproximava do fim. Embora nem eu nem mamãe falássemos sobre o assunto, ambos nos perguntávamos a mesma coisa: como é que tudo iria acontecer? Mamãe dizia pressentir morrer na banheira. Eu sabia, porém, que isso era impossível, simplesmente porque não a deixava mais entrar no banheiro sozinha.

De minha parte, imaginava encontrá-la morta na plantação de girassóis – de manhã ou ao entardecer – e arrastá-la para casa aos prantos, mas digno, sem muito exagero. Mas nem isso teria como acontecer. Mamãe só saía de casa na minha companhia e, desse modo, não conseguiria chegar à plantação e morrer lá sem que eu soubesse.

Jamais havíamos experimentado semelhante situação, por isso instalou-se entre nós um certo embaraço. Era um embaraço de família, sobre o qual não se pode conversar abertamente como se faz com estranhos, com quem não nos importamos. Ou talvez fôssemos dois anormais. Talvez seja diferente nas famílias normais – as pessoas dizem tudo o que guardam no coração e se ouvem porque se importam.

Era como se estivéssemos bravos com alguém – eu e mamãe –, embora soubéssemos que não tínhamos com quem estar, ou por que estar. O câncer não havia desaparecido, apenas tardava em chegar, e esse atraso complicava ainda mais as coisas.

Em primeiro lugar, havia o aluguel. A casa era nossa até o fim de agosto, e, se quiséssemos permanecer em setembro, precisaríamos pagar mais um mês adiantado. Mamãe não previra o orçamento de setembro, certa de que morreria no verão, assim como lhe haviam "prometido". Por mais estranha que pudesse soar a nossa avareza num momento como aquele, pensávamos: por que dar tanto dinheiro em vão para John?

Em segundo, a prolongação de nossas férias comuns decerto levantaria suspeitas entre os moradores locais. Todos os turistas, particularmente os que tinham crianças, voltavam para casa na última semana de agosto. Uma mulher estranha com um filho mais estranho ainda, que não retornavam para lugar nenhum, não passariam despercebidos. Poderia explicar a quem se interessasse, claro, que eu era louco e não planejava continuar os estudos, pois de todo modo ninguém jamais me empregaria onde quer que fosse. Ou poderia ainda dizer que mamãe estava prestes a morrer a qualquer momento, mas, por ter-me ignorado a vida toda, decidiu me chantagear no último instante, sorvendo meu amor filial. Não achava que isso poderia facilitar a nossa estada.

E, em terceiro lugar – talvez o mais importante –, havia a condição física de mamãe, que se agravava a cada dia. Eu não conseguia mais cuidar dela sozinho. E não se tratava de lavar suas roupas ou alimentá-la, mas de coisas muito mais íntimas para as quais não nos sentíamos preparados – eu a fazer, ela a aceitar. Mamãe se transformara numa criancinha e precisava de uma babá. Ou de outra coisa.

Mas a morte não chegava.

Por outro lado, das "questões oficiais", já manjávamos tudo. Tínhamos conversado dezenas de vezes sobre o que eu deveria fazer logo depois. Mamãe queria ser enterrada na França, no vilarejo onde pressupúnhamos que morreria. Todos os documentos que eu deveria apresentar à polícia e às autoridades locais – papéis do divórcio, o testamento e a "carta explicativa" legalizada em cartório – estavam no meu quarto. Mamãe teve todo o cuidado para que nada pudesse criar nenhuma sombra de dúvida ou me incriminar de alguma maneira. Tudo deveria demonstrar claramente uma morte natural, que excluísse qualquer suspeita de suicídio ou de cumplicidade criminosa.

Continuávamos vivendo de migalhas, como quem não tinha nenhum futuro pela frente. Não comprávamos mais comida, não saíamos de casa, não começávamos nenhum novo tema de conversa. Eu não fazia faxina nem lavava a roupa já fazia quase uma semana. A casa fedia a fezes e urina, pois, com frequência cada vez maior, mamãe não conseguia mais se segurar, porém evitava me contar na hora. Mas quando eu sentia o cheiro e perguntava se tinha feito alguma coisa, ela me olhava com lágrimas nos olhos e dizia "um pouquinho só, não precisa me trocar". Comia como um inseto, mais por aparência, e sempre pedia água com limão. Dizia que o sabor do limão a ajudava a encobrir o mofo da boca. Fiz um buraquinho na tampa de uma garrafa de plástico para que ela pudesse beber com mais facilidade, e ela a mantinha o dia inteiro na boca, como uma chupeta. Mamãe tinha se tornado o meu caramujo.

Sentia ter chegado ao meu limite, precisava de clareza. O problema não era querer vê-la morta – na verdade, eu achava que, pela primeira vez nos últimos anos, eu não queria isso –, mas não poder aguentar tanto sofrimento. Isso era o que eu – uma criança que tinha crescido a vida toda sem amor – dizia.

Perguntei-lhe um dia se ainda tinha pentágonos; ela me encarou assustada e respondeu: "Aleksy, não faça besteira". Por acaso ou não, depois da minha pergunta, mamãe começou a se recuperar e, certa noite, chegou a me dizer que queria tomar um banho de banheira de novo, com muita espuma, e que eu poderia ficar atrás da porta com medo, embora não houvesse motivo para tanto. Por que eu teria medo? Qual seria a coisa mais grave que poderia lhe acontecer? Entendi o que ela quis dizer, mas não estava a fim de correr de novo atrás do marroquino. No final das contas, consenti – parecia-me tão ridículo que o último desejo de alguém fosse um banho quente de banheira, ainda que com espuma.

Ela ficou duas horas na água pelando, cantarolando toda espécie de canções bobas, a maior parte em polonês. Algumas eu ouvia pela primeira vez, outras já conhecia, embora não fizesse ideia do que queriam dizer. Fiquei atrás da porta ouvindo, e gritava para que me respondesse quando me parecia ficar tempo demais em silêncio.

Quando a retirei da banheira, estava toda rosa, como um salmão cozido, e seus mamilos cor de café estavam rodeados por aréolas esbranquiçadas adjacentes, na forma de zigue-zagues. Perguntei a ela o que eram, achando que fossem algum sintoma da doença. Tinha curiosidade em saber como era – apesar de agora compreender que esta palavra não é adequada – o câncer que devorava mamãe. Tenho certeza de que alguém poderia dizer que sou perverso, que um homem não pode olhar sem repulsa para as tetas da própria mãe, e provavelmente é assim mesmo. Depois de tudo o que já fizera por ela ao longo daquelas semanas, porém, seus seios para mim eram tão importantes quanto os calcanhares.

Mamãe não se inibiu. Explicou-me serena que seu câncer não deixava nenhuma marca exterior. Que tudo acontecia do lado de dentro – feiura, desespero e pavor. Que, na maioria das vezes, os doentes de câncer, ao morrerem, morrem mais bonitos do que nunca. Assim como ela.

"São suas mordidas", ela sorriu, apontando para os mamilos, enquanto, segurando-a nos braços como uma braçada de ramos secos, descia as escadas. "Você me mordia como um lobo quando lhe dava de mamar. Deveria ter parado, mas você sugava e sugava, não estava interessado em outras coisas como as outras crianças. *Amei você, Aleksy, amei como pude.*"

63

Os olhos de mamãe eram cicatrizes na face do verão

64

Fazia umas duas semanas que eu não andava de bicicleta, e estava sentindo uma falta danada de velocidade. Irritou-me o fato de os caramujos terem me esquecido, ingratos desprezíveis. Quando voltei a levar água com xarope a eles, nenhum se arrastou até mim. Mamãe melhorava, apesar de todos os prognósticos, como se tivesse tomado uma injeção milagrosa. Passou a comer bem e a sair para o jardim. Decidimos fazer uma faxina na casa e festejar devidamente o fim do verão. Lavamos, esfregamos e arejamos tudo como se estivéssemos esperando uma inspeção. No último dia de agosto, sugeri a ela que ficasse deitada na rede durante a minha ausência, pois precisava fazer compras e passar pelo John.

Tinha tido uma ideia genial – fazer ao beberrão a proposta de pagar metade do mês de aluguel. Tinha certeza de que aceitaria, pois a temporada terminara de todo jeito e a casa ficaria vazia até o Natal. Mamãe, contudo, acreditava ser necessária uma negociação mais inteligente – uma garrafa de vinho, um novo convite para jantar ou qualquer coisa assim. Comprei sidra e o resultado foi excelente.

Na verdade, John já sabia. Moira lhe havia dito que queríamos permanecer durante o mês de setembro e que aceitava nos alugar a casa pela metade do preço. Moira!

Depois dessas palavras, apaixonei-me rápida e dolorosamente por ela, como se alguém tivesse arrancado com um alicate, de uma só vez, todas as minhas unhas. Matei Jude em um segundo e salpiquei seu corpo com raspas de velas. Jurei a mim mesmo só amar Moira – rainha das sublimes serpentes ubíquas – a vida toda, mesmo restando-me pouco dela.

Por conseguinte, tínhamos onde ficar por mais um mês inteiro, graças a Moira. O que deveríamos fazer com todo aquele tempo que se despejava sobre nós? Mamãe tinha um plano.

"Aleksy", disse-me ela, enquanto terminava de comer a terceira tigela de abóbora cozida, "vamos passear de barco!".

Ela teria alcançado o mesmo efeito se tivesse me dito querer pular de cima do telhado ou arar a terra. Alugar um barco para uma moribunda e seu filho que tem medo de água seria uma loucura. Era o que nós éramos – dois loucos. Preparamo-nos como se fôssemos partir numa expedição ao fim do mundo.

Dei-lhe morfina e ainda levei mais de reserva.

Puxei seu turbante por cima das orelhas, para que o vento não lhe fizesse mal.

Vesti-a com três camadas de roupa e a calcei com minhas meias felpudas.

Levei-a até a privada para fazer tudo, para que não precisasse depois.

Coloquei chá numa garrafa térmica, para o caso de sede, e abóbora amassada num copo, para o caso de fome.

Enchi sua garrafa.

Fiz que me segurasse pelo pescoço como um filhote de coala e subimos na bicicleta.

Em seis minutos, chegamos ao lago.

65

A água era profunda; as correntes, fortes; eu, jovem demais; mamãe, fraca demais. O instrutor nos disse que seria mais adequado ficarmos na margem e observar como as crianças manejavam o caiaque. Ele se chamava Ryan, mas todos o chamavam de Ra, para encurtar.

Ra não emanava raios solares, mas seus ombros e sua bunda pareciam os de um deus. Todas as mulheres na praia – incluindo mamãe, que eu deixara sentada num banco enquanto fui alugar um barco – o devoravam com olhos de lobas. O lago e a praia estavam repletos de todos os tipos de nudez, mas só ela parecia um repolho imenso com aquelas três camadas de roupa e com as minhas meias felpudas esticadas até o joelho.

Puxei Ra para um canto e lhe disse precisar muito de um barco, tanto que estava disposto a pagar o dobro. Menti dizendo que mamãe estava comemorando aniversário e que aquele seria o meu presente – pois outro não tinha. Ra olhou para mamãe de cenho franzido e simplesmente me perguntou: "Câncer?". Deu-me um barco e me pediu com gentileza para não morrermos durante seu turno, pois tinha um bom emprego.

Embarquei mamãe no barquinho como um saco, debaixo dos olhares admirados de um grupo de velhotas, que se besuntavam entre si com protetor solar. Mamãe batia palmas, vestida com um colete de criança. O colete para adultos ficava frouxo demais nela, e Ra disse que não nos deixaria sair para "alto-mar" sem.

Eu remava como uma barata tonta. Depois de meia hora, havíamos avançado apenas dez metros e acabamos presos nas raízes de uma árvore que as chuvas haviam derrubado na outra margem, onde ficamos. Mamãe estava encantada, e não parava de exclamar: "Ah, que bonito, ah, que bonito!". Aquilo me irritou ao máximo e mandei-a calar a boca, ameaçando arrebentar os remos. Ela continuou com o seu "Ah, que bonito!" até nossa hora terminar e Ra vir atrás de nós de caiaque para nos desvencilhar da árvore.

Distração mais idiota acredito não ter tido em toda a minha vida, embora também não creia ter tido outra distração. Retornei à margem embalsamado de novo pelos olhares lânguidos das velhas, que me aprovavam com um gesto de cabeça como aos gatos de plástico dos restaurantes chineses.

Mamãe estava eufórica. Tirou as meias e as duas blusas grossas, ficando só de turbante e com uma espécie de vestido-saco, que costumava usar dentro de casa no lugar de pijama. Era hipnotizante – parecia uma múmia que saiu para se bronzear, sem tirar as ataduras que a conservavam.

Deitamo-nos na areia – ela falando pelos cotovelos sobre não sei que coisas importantes, e eu perguntando quanto tempo ainda queria ficar, se precisava ir ao banheiro, se não queria abóbora cozida ou água com limão. Em seguida, deu-se o episódio que transformou o curso do dia de uma maneira inesperada. Ra se aproximou de nós do nada, trazendo para mamãe um galo de açúcar queimado. "Um galinho para uma boquinha linda", disse ele piscando-lhe os olhos, no que ela se pôs a rir como uma ginasial, primeiro sozinha, depois com ele e, assim, indefinidamente até eu me pôr de pé e dizer que estava indo me aliviar.

Quando voltei, Ra estava acompanhando um grupo de crianças que remavam como idiotas na margem. Mamãe lambia o galo, como uma gata assanhada. "Eis aí um homem que sabe fazer uma mulher feliz, Aleksy", disse. "Aprenda como amar uma mulher você também, Aleksy, não seja como seu pai – apático, nojento e maldoso –, seja um homem bom, está me ouvindo? Ame e dê estrelas de presente, e não golas de pele de lontra."

Era óbvio que o sol não lhe fazia bem, mas deixei que continuasse alucinando sobre lontras e o universo. Ficamos o dia inteiro no lago. Comemos uns quatro sorvetes e a mesma quantidade de algodão-doce, jogamos petanca e comprei um helicóptero com controle remoto, com o qual enervei todas as velhinhas de maiô em tons pastel, que ao entardecer já tinham mudado radicalmente de opinião sobre mim, chamando-me, ao se despedirem, de "inglês sem-vergonha". Foi um dos mais belos dias da minha vida.

Quando mamãe disse estar com fome, mas querendo macarrão em vez de abóbora, e talvez também uma cerveja, vesti-a de novo com todas as blusas e voamos de bicicleta de volta para casa como se estivéssemos num tapete mágico: eu com o helicóptero debaixo do braço, e mamãe com o galo que não tinha sido lambido até o fim no bolso. À mesa, disse-me com toda a tranquilidade: "Aleksy, tenho uma estrela de verdade, ela fica na Ursa Menor, no fim da cauda.

É pequenininha, mas é a mais brilhante da cauda toda. Olho para ela toda noite, ela sabe que é minha e pisca para mim".

Compreendi que era o fim da linha. Mamãe tinha começado a rumar para o lugar, seja lá qual for, em que se encontra agora. Rumo à sua estrela na Ursa Menor, rumo à sua plantação de girassóis suspensa no firmamento, ou talvez rumo a outro universo, onde só há um mar inteiro de esmeralda, que de vez em quando se desfaz e atinge outros mundos sob a forma de olhos verdes.

"Talvez tenham se equivocado", disse-lhe, com um nó na garganta.

"Talvez", respondeu-me ela, serena, e morreu depois de uma semana.

66

O psiquiatra, a quem pago duzentos e trinta e cinco euros por sessão para me escutar duas vezes por semana como fiz amor com Moira pela primeira vez e como vesti mamãe com aquele vestido branco para enterrá-la bonita, me disse hoje que "meu testemunho não se revelava esclarecedor". Qualquer outro tipo de resposta teria me decepcionado profundamente.

Prometi-lhe que continuaria escrevendo sem falta sobre os últimos dias de mamãe e sobre as semanas subsequentes de autodestruição. Assim – acrescentei – ficaria mais simples para ele arrancar o meu dinheiro, e eu enlouquecer de vez. Sorriu-me compreensivo como uma prostituta, cruzando as pernas longas e depiladas, que findavam num par de meias do tamanho de um aluguel estudantil. Xinguei-o e disse-lhe aos gritos que ele era uma puta velha com medo de perder sua galinha dos ovos de ouro. Respondeu-me calmamente que me aguardava na quinta-feira, que não era tão velho e que, sim, os clientes têm sempre razão. Não desejo a ninguém chegar a ver alguma vez um psiquiatra rindo.

Sacha e Maria me esperavam em casa como dois gambás. Haviam brigado de novo, impregnando a casa toda com suas bobagens. Nem me dignei a escutá-los. Só lhes disse que, se não fizessem as pazes, demitiria ambos. Pedi a Sacha que me levasse para o meu quarto no andar de cima e a Maria que trouxesse da cozinha, sem um pio, o meu saquinho de *cannabis*.

Queria morrer ou, se não pudesse, ao menos me drogar.

Emoldurado na parede, o turbante de mamãe me observa. Ao seu lado está o espelho em forma de sol, que naquele meio-tempo começou a escurecer, e em cima da mesa de cabeceira o abajur em forma de tulipa. Na gaveta de cima do armário, guardo todos os vestidos dela dobrados em pilhas – como um verão comprimido. A banheira de cobre e a privada com cara de libélula também estão aqui – Sacha encontrou uma equipe de operários que as desmontaram na casa do vilarejo e trouxeram até Paris, após ter ficado claro para mim que eu não poderia estar no mesmo lugar que Moira.

Depois do acidente, fiz uma promessa que até hoje cumpro – a de jamais entrar no dormitório na cadeira de rodas. Sei que isso incomodaria demais mamãe, pois ela vê, ela vê tudo. Várias vezes surpreendi os olhos dela – verdes e inquisitivos – pairando no quarto, olhando pela janela ou folheando um livro, aterrissando em seguida ao meu lado, sobre o travesseiro, para me olhar de perto.

Só uma vez os olhos de mamãe se detiveram na altura do quadro. Investigaram-no profunda e longamente, por um segundo cintilando mais forte que de costume, para em seguida continuar flutuando, sem que me fizessem entender se haviam gostado ou não. "Mamãe...", disse-lhes baixinho para não assustar, "é você, você – submarino com olhos de esmeralda".

Maria entrou e jogou em cima da cama meu saquinho de *cannabis* com uma cara de santa do pau oco. Disse-lhe aos gritos que fechasse a porta depois de sair e que desaparecesse da minha frente. A parte boa de ser rico e doente é que ninguém consegue ficar muito bravo comigo. Se eu fosse apenas doente, seria outra coisa. Não passaria então de um pobre arrogante que, se fosse o caso, poderia até apodrecer na merda, pois a falta de pernas, ou de braços, ou de olhos, não dá a ninguém o direito de ser grosseiro com os outros. Por outro lado, se a doença vem acompanhada de dinheiro, pode-se fazer, a princípio, o que bem entender. Ninguém vai ficar bravo a ponto de ir embora. *No need for harakiri in this house.*

67

tenho de novo pernas crescem de todos os pontos do meu tronco como órgãos em ereção as solas são grandes e vermelhas inflamadas e as unhas de pérolas multicoloridas o turbante de mamãe dá à luz e surge moira pequena em formato de azeitona sem caroço num palito começa a engatinhar em cima de mim para entrar na minha boca minha barriga cresce dou à luz uma mãe sem câncer pura por dentro como um vaso esmaltado mamãe me dá à luz de novo sou louco papai me ama vovó começa a enxergar e grita o trator o trator mika corre por cima das árvores com a barriga costurada e tem uma coroa de princesa é casada e não trabalha como vendedora as tintas alucinam dançam obscenamente e o outono chega as maçãs crescem grandes e vermelhas os pincéis empurram os vermes para dentro nozes brotam por debaixo da pele de mamãe como bolhas têm casca de caramujo giramos todos pelo quarto e o céu desce para subirmos colhermos papoulas na abóbada atiramos as pétalas na minha cama em forma de caixão maria chama o médico vem

68

O outono estava quente e letárgico. Para mim e mamãe – acostumados com o frio e as chuvas inglesas –, aqueles dias pareciam um verão com Alzheimer. Do lado de fora, só o ar havia mudado, estava mais repleto de frutas do que de flores. As pessoas continuavam se vestindo com roupas leves e comendo nos jardins ao anoitecer, e o vinho predileto era sempre o *rosé*. Odille preparava menos *croissants* e bolos, focando nos quatro tipos de pães e doces preferidos dos moradores. Sem turistas, o vilarejo parecia uma família que, embora tivesse uma casa grande, morava num único cômodo. O padre escancarou a segunda porta da igreja, como se, com a mudança da estação, aguardasse uma inflação de pecados. Por outro lado, a pedra milagrosa estava meio triste, sentindo falta dos peregrinos que vinham esfregá-la piedosos. O correio central retomara majestosamente as atividades, e a farmacêutica colara em todas as janelas reclames de produtos antigripais e de novos xampus contra piolho. Das árvores, desapareceram os cartazes que anunciavam espetáculos e montagens de circo, mas, em contrapartida, começaram a aparecer os de concursos locais, da melhor sidra, do melhor porco, e de um que eu adorei, que poderia ser traduzido como o da "Semana dos prazeres caprinos". Se eu pudesse, teria escolhido um daqueles dias e me mantido para sempre nele, como os insetos presos na resina do âmbar que parecem vivos mesmo depois de séculos.

A casa já não nos aguentava mais e nos mandava vazar dali de todas as maneiras: debaixo da minha janela se formara um ninho de vespas que me perseguiam como aviões; no quintal, todas as frutas estavam com verme; o barracão começou a embolorar por causa das chuvas de agosto; e mamãe sentia dores tremendas.

Nem mesmo a morfina, que tomava em dose tripla, conseguia mais ajudá-la, nem as rezas em polonês, que se tornaram cada vez mais frequentes e mais extensas. Uma de suas pálpebras começou a tremer sem parar, o rosto se contorceu e se tornou pequeno e doloroso, como um punho. Depois de cair dura no chão uma noite, esmigalhando os seios com as mãos e escalpelando o peito, disse-lhe que precisávamos fazer alguma coisa. Não podia mais vê-la se decompondo assim na minha frente, com minha ajuda ou, para ser mais exato, sem.

Desde então, não sentiu mais dor na minha presença. Começou, todavia, a se trancar cada vez mais frequentemente no banheiro, "para arrancar sobrancelhas" ou "para coisas de mulher". Sabia que ficava lá para se automutilar longe dos meus olhares. Naqueles momentos, queria que ela fosse mãe de outro filho, ou que eu fosse filho de outra mãe. Sentia-me como um daqueles bebês infelizes que nascem grandes demais ou rápido demais e, involuntariamente, matam as próprias mães que jazem frias e laceradas, enquanto eles, inconscientes, gozam da vida, guiados por mãos outras.

Sugeri a ela chamarmos mais uma vez o marroquino – ele talvez pudesse recomendar algo que tornasse a dor mais suportável. Mas mamãe recusou de maneira categórica e me pediu que não estragasse tudo justamente naquele momento, quando faltava tão pouco. "Aleksy, já está acabando, sinto que não vai demorar."

69

Sacha me telefonou ontem e disse que na exposição de Tóquio venderam *O banquete de um diabo com uma mulher careca*. Minha primeira reação foi avisar Moira que ela tinha perdido a aposta e que esperava que cumprisse o que havia me prometido onze anos antes. Mas Moira nunca atende ao telefone, e com John não tenho a mínima vontade de conversar. Sim, John ainda está vivo e continua bebendo.

Naquela tarde, Moira viera ao ateliê curvada de dor nas costas, com o cabelo quase encostando no chão. Sua inseparável estrela de seis pontas pendia do pescoço como uma constelação prisioneira. Estava bronzeada e macia, Moira. Metida num vestido preto que a cobria até a sola dos pés como uma teia de aranha. Entrou comendo mel de um favo que segurava com as duas mãos acima da boca e dava risada quando escorria na sua cara. Era mimada como uma ursa – a minha Moira – castanha, ávida, destemida. Como a amava!

"Minha Ursa Menor" – disse-lhe, e ela começou a se esfregar em mim murmurando e a me sujar com gotas de mel.

Num canto, no chão, estava o quadro que, naquela altura, ainda não tinha nome nem todas as cores, mas isso não importava, pois nem eu sabia que era pintor. Meus borrões faziam parte da terapia que haveria de me libertar dos pesadelos relacionados à morte de mamãe, mas não me libertou, muito pelo contrário, a terapia os inflamou como uma lupa sob o sol.

Moira o viu e disse que era horrível. Que não entendia como era capaz de retratar mamãe – que eu idolatrava – careca e com olhos no lugar do coração, sem falar no fato de o diabo – que era eu – ter chifres e corpo de caramujo. Que o amor tem outra aparência, que a lembrança de uma pessoa tem outra aparência. Que o diabo tem outra aparência. Perguntei, em tom de brincadeira, quantos diabos já tinha visto na vida, e o que tinha visto na vida toda, mas ela se enervou e disse que ia trocar de roupa. Pedi que ficasse, que não fosse embora daquele jeito, sem debater, pois isso me tirava do sério, era exatamente o que mamãe sempre fazia. Moira se deteve e me perguntou o que eu queria dizer. Sua calma era mais irritante do que qualquer outra coisa.

Disse-lhe que aquele quadro seria vendido um dia, seria vendido sem falta e, aliás, por um preço altíssimo – porque as pessoas são podres e vivem atrás de podridão. Porque as pessoas são doentes e degeneradas, e sabem disso, mas, por medo, fingem ser boas e sãs. E porque assim é mais fácil. Mas nem todas conseguem se esconder sempre. Às vezes, toda a maldade, doença e podridão irrompem e então elas se sentem bem e contentes, mesmo se todos os que as circundam as condenarem e lamentarem. Moira foi embora e fechou a porta.

Mais tarde, naquele mesmo dia, pintamos juntos as persianas de verde, e eu pedi desculpas. Disse-lhe que tinha razão, que minhas pinturas não passavam de pus acumulado que eu tentava colocar para fora de mim de qualquer jeito.

Que a amava e que talvez fosse melhor me dedicar à escrita. "Não", interveio Moira, atônita, "não escreva, Aleksy, por favor. As cores podem ser esquecidas, mas as palavras, não".

"E se eu vendê-las um dia?", perguntei, para mudar de assunto. "Você vai reconhecer que sou um gênio?"

"Você jamais venderá nada", profetizou ela aos risos e fizemos as pazes. "Se você vender essa obscenidade com o diabo, deixarei que me retrate pelada."

Era luz, minha Moira. Minha luz, Moira.

70

Mamãe não estava louca no dia em que fomos ao lago – ela realmente tinha uma estrela. Pavel lhe havia comprado, o polonês que tinha morrido no canteiro de obras esmagado por uma parede. Encontrei nas coisas guardadas na casa de vovó um certificado que atestava a aquisição de um corpo celeste no nome dela. A estrela de mamãe se chama Wiosna e é a mais brilhante da Ursa Menor. Vovó disse que tinha gostado de Pavel muito mais do que de papai porque ele consertava de graça a privada dela e a ajudava a preparar doce de fruta. Pavel tinha olhos azuis – como eu – e conhecia várias canções natalinas polonesas.

71

Depois da morte de mamãe ocorreram muitas coisas desinteressantes, mas violentas, que acabaram me enfiando num hospital para alienados mentais por cinco meses. Quem me levou foi John, bravo comigo por eu ter estragado a porta, ter cortado uma árvore do quintal e ter mantido mamãe morta no sofá por dois dias. Dois anos depois, quando me casei com Moira, John se aproximou dela e começou a chacoalhá-la com toda a força, dizendo: "Moira, ele é louco, é louco, está entendendo? Para que eu trabalhei a vida toda, para entregar você nas mãos de um louco?".

John não era o único a ter uma opinião desfavorável a meu respeito. Os pais de Moira também me odiavam, mas não tiveram a chance de chacoalhar a própria filha no dia do casamento devido ao simples fato de não terem comparecido. A cerimônia se desenrolou na prefeitura, foi breve e consistiu em algumas assinaturas. As testemunhas foram Karim e Odille. À noite, organizamos no quintal um churrasco para quem quisesse e tivemos um *pièce-montée* feito por Odille. Vieram dez pessoas e foi divertido.

Lembro-me apenas de três acontecimentos no hospício – um lugar imaculado, cheio de pernilongos e infelicidade humana em todas as formas possíveis.

O Natal com um Papai Noel vestido de azul – pois doentes mentais não gostam da cor vermelha – e os profiteroles da festa com doce de ruibarbo. A baba dos comensais espalhada nos guardanapos com floquinhos parecia guirlandas artesanais.

Os passeios deux-par-deux na floresta – no barro ou na chuva (jamais na neve) – em que não conseguíamos nos segurar uns aos outros e caíamos amontoados, loucos em cima de cretinos em cima de idiotas em cima de retardados sob as gargalhadas dos supervisores que nos amavam.

As aulas de terapia por intermédio da arte, nas quais comecei a desenhar. Meu primeiro esboço – *Morte com maçãs e nozes* – foi considerado violento demais. Fui proibido de frequentar as aulas de pintura e transferido para a olaria.

Sacha me disse que, depois que fiquei famoso, o diretor do hospício vendeu meu desenho para um colecionador e comprou um cavalo.

72

Permitiram que eu deixasse o hospício em março e fui direto para a casa de vovó. Contei-lhe tudo, sem maquiar a verdade: sobre as dores de mamãe, sobre as minhas crises, sobre como no fim encontrei mamãe morta no quintal. Vovó me ouviu atentamente, sentada em sua poltrona com crisântemos, sem me interromper uma única vez. Só no fim é que me perguntou se pus uma cruz na sepultura e se ofereci – de acordo com o costume – rosquinhas e balas. Menti-lhe e disse ter feito tudo conforme o figurino, e só então ela começou a chorar baixinho, como se temesse fazer barulho e incomodar os vizinhos.

Vovó me disse que sabia do hospício, pois tinha recebido um telefonema da polícia, informando-lhe o ocorrido. "Quis ir buscá-lo, Aleksy, mas não tinha como, cega deste jeito." Disse-lhe não ter ficado triste, e então ela me apertou ao peito e acariciou com os dedos todas as reentrâncias do meu rosto.

Londres me parecia estranha – não encontrava mais uma língua comum nem mesmo com Jim, e Kalo tinha se mudado para a Irlanda. Ficar na casa em que eu havia morado com mamãe e rezado todo dia para que ela morresse me parecia uma hipocrisia. Decidi ficar na casa de vovó até encontrar um comprador. Surpreendi-me ao saber que a nossa casa era também propriedade dela, tendo sido sua maneira de garantir que papai nada recebesse em caso de divórcio. Vovó começou a esperar o divórcio de mamãe no dia seguinte ao casamento.

Vovó era cega como uma toupeira, e sua morada parecia uma caravela naufragada. Reunira nos poucos cômodos, ao longo dos anos de cegueira, objetos e histórias suficientes para um vilarejo inteiro. Nos primeiros dias, não saí de jeito nenhum, passava todo o tempo conversando com ela sobre as coisas que eu encontrava nos baús e nas prateleiras. Ficava alegre como uma criança: "Ah, o gramofone, nem sabia que ainda estava aqui!", "As colheres de sua mãe, não têm nenhum valor, mas vamos mantê-las".

Falava incessantemente, como um rádio a transistor – decerto um hábito de gente velha e solitária, ou talvez dos cegos que têm necessidade de uma voz ao seu lado. Sentindo-me culpado, imaginei como ela teria se virado todos esses anos sem nós – que vivíamos como traidores no fim da rua.

Dividimos as tarefas assim – eu lavava, limpava e comprava comida, do mesmo jeito como havia feito com mamãe ao longo de todo aquele verão. Dessa vez, entretanto, fazia tudo a mão, porque vovó acreditava que o tinhoso fazia morada nas máquinas. Mas não no televisor, que para ela tinha sido, nos últimos anos, tanto família quanto diversão.

Essa mulher – que odiei sem motivo a adolescência toda – fez por mim, em algumas semanas, mais do que todos os psiquiatras no resto da minha vida. Ela foi o pentágono que me trouxe de volta à vida e que me ajudou a esquecer tudo o que devia ser esquecido.

Olhava como ela andava pela casa em seu vestido florido como uma *matrioshka*, carregando com cuidado aquela barriga imensa, em que a morte não tinha o que procurar. Só ali, dentro daquela barriga, é que nos amávamos de verdade e ainda estávamos todos vivos – uns dentro dos outros – mamãe, eu e Mika. Toda noite, sentávamo-nos a uma mesa redonda para comer pato com maçã assada e compota de pêssego. Lá, dentro da barriga, vovó não tinha perdido a visão. Mika estava viva, e eu era sorridente. Meu pai era o Pavel-de-olhos-azuis, e mamãe trabalhava como professora de biologia, do jeito que estava escrito no diploma. A barriga de *matrioshka* de vovó era a nossa vida verdadeira, e o que tinha acontecido conosco do lado de fora não passava de um sonho ruim, do qual só podíamos despertar mortos.

Dois meses mais tarde, quando lhe disse que partiria, vovó pegou às apalpadelas uma caixa de sapato cheia de coisas e me deu. Dentro dela, mamãe escondia da vista de papai seus tesouros mais preciosos: as cartas de amor de Pavel e o certificado da Wiosna.

73

Comprei a casa de John nove meses depois da morte de mamãe e me mudei para o vilarejo no começo do verão. John concordou na hora ao ouvir a soma proposta, embora dissesse que a vendia apenas por respeito à memória de mamãe e outras merdas do gênero. Era um dinheirão, é verdade, mas não importava, não acho que teria tido força para negociar. Ademais, depois de retornar do hospício, onde ele mesmo tinha me enfiado, John se cagava de medo de mim.

Karim, ao ouvir quanto dinheiro eu tinha pago, bateu as palmas das mãos uma na outra e permaneceu perplexo por muito tempo, repetindo apenas *"merde, merde, merde"*.

74.

No dia em que mamãe morreu, nos sentíamos como dois ladrões que tinham assaltado um banco. Era meados de setembro e ela continuava viva. De manhãzinha, ela me disse que queria um pão da Odille e um *mille-feuille*, no que montei feliz na bicicleta e fui à padaria, onde comprei três sacos cheios. Saímos no quintal para comer, e mamãe quis ficar na rede. Ela estava tão leve que o tecido da rede nem se abriu, embrulhando-a no formato de uma canoa.

Comemos maçãs, que arranquei de um galho seco e limpei esfregando-as com a manga da roupa. Maravilhamo-nos os dois com o fato de terem brotado naquele galho morto e que ainda fossem boas. Maravilhamo-nos também com as cores, com o ar, com os perfumes e com o fato de ela ainda estar viva.

Mamãe me contou que fez amor a noite toda com Ra dentro do barco. Portava um vestido branco e não tinha sentido nem um pouco de frio. Ra remava bem, não como eu, e a levou para longe da margem, de onde não poderiam mais voltar, mesmo se precisassem. "Foi um belo sonho", disse mamãe, mordendo uma das maçãs. Demos os dois uma risada forçada, sabendo que nada melhor do que aquele sonho poderia ainda acontecer na sua vida. Papai tinha sido um porco, e Pavel morreu sem ser amado de todo.

Mamãe depois me perguntou se eu ainda era virgem ou se, afinal, eu tinha me deitado com Jude. Claro que eu não tinha me deitado nem mesmo com Jude, com quem quase todos os rapazes tinham se deitado, até mesmo os das séries anteriores. "Sou virgem", revelei, "e Moira não faz ideia de que a amo". "Você é tão ingênuo, Aleksy", mamãe me respondeu, deitada na rede. "É claro que Moira sabe que você a ama. Moira sabe muita coisa e vai voltar."

No fundo do quintal, encontrei uma nogueira e juntei do chão uma porção de nozes. Lembrei-me de como, muitos anos antes, vovó me mandava limpar nozes com Mika. Elas deixavam nossas mãos manchadas por semanas, e as outras crianças tinham medo dela no jardim de infância, achando que sofresse de alguma terrível doença de imigrante. Mika corria pelos corredores como um monstrinho e atacava o pescoço das meninas, que berravam como alarmes e a deduravam às professoras.

Passamos quase o dia todo conversando sem parar, comendo nozes e maçãs, mas sem dizer o essencial. Despedi-me de mamãe sem que ela soubesse que a tinha perdoado. À tarde, o vento começou a soprar e entrei na casa para trazer-lhe uma coberta, e, quando voltei, mamãe balançava morta na rede, como uma crisálida em vias de virar borboleta.

75

Em agosto, Moira voltou para o vilarejo para ajudar John com os inquilinos, mas não veio me ver. E eu também não fui vê-la. A casa era minha só fazia três meses, mas me sentia nela como se jamais a tivesse deixado. As pessoas se lembravam de mim e me recebiam como membro da comunidade. Odille chorou e me deu pão. Karim bateu as palmas das mãos uma na outra. O padre me convidou para passar pela igreja sempre que sentisse vontade. Na praça, os homens batiam no meu ombro, as mulheres balançavam a cabeça e falavam, falavam, falavam. Como mamãe tinha sido corajosa, bonita, boa. E por que sempre morrem os melhores, e não os outros. E que eu fosse forte e bem-vindo.

Continuei pintando – montei um ateliê no barracão – e gostava de me descarregar nas telas. Podia fazer o que quisesse com as cores, sem o risco de ser preso ou levado para o hospício. As tintas eram minhas novas drogas. John tirara da casa só alguns objetos, de modo que o resto ficou exatamente como na época em que morei lá com mamãe. Só tive de encher de novo o balde de milho.

Revivi cada dia do meu verão com mamãe. Quando chegamos e fomos invadidos por formigas. Quando fui à feira e esmaguei minha mão na soleira. A velha dos coelhos, o trator, as plantações de canola e girassol. O segredo de mamãe e nós, esticados por entre as flores.

As papoulas da margem da estrada tinham crescido de novo – vermelhas e aprumadas –, transformando o caminho numa pista cor de sangue. Os caramujos, contudo, haviam desaparecido por completo, tendo ido provavelmente se assenhorar de outros mundos. Andava quilômetros inteiros todo dia de bicicleta. Agora que não havia ninguém me esperando em casa, deixava-me levar a esmo, até sentir me faltarem forças para pedalar.

Certo dia, passei para ver Ra – continuava ali, ensinando as crianças a remar. A praia pululava de velhotas em tons pastel, como se não houvessem saído de lá desde o verão anterior. Comi algodão-doce, que me pareceu repugnante.

Num fim de semana, fui até o oceano. Dessa vez ninguém buzinou para mim pelo caminho, pois, finalmente, aluguei um Audi preto, como quis da outra vez. Cheguei ao entardecer, mas a praia estava interditada por causa das ondas demasiado altas. Sob uma rocha, embrulhado num plástico, como um pacote, havia um golfinho morto. Os salva-vidas haviam-no retirado da água, após ser cortado ao meio pela hélice de um barco. Quis saber mais, mas o homem que tomava conta dele era meio caladão. O golfinho jazia luzidio e sorridente, de olhos bem abertos. Curiosas criaturas esses golfinhos – sorriem sempre, mesmo mortos. Lembrei-me de mamãe, na praia, coberta de conchas, e voltei para casa.

Sentia-me bem, muito bem mesmo, embora não tomasse nenhum tipo de comprimido. Pensei algumas vezes em procurar uns pentágonos como aqueles de mamãe, mas desisti. Por outro lado, tirei sozinho o arame dos dentes com uma chave de fenda. Continuava virgem, tal como o último idiota do mundo.

Nada nem ninguém me interessava, não pensava no futuro nem no presente. Vivia do passado, assim como os pobres vivem de farinha de rosca. Pensava comigo mesmo que, em algum momento, teria de procurar trabalho no vilarejo, mas não sabia muito bem o que poderia fazer.

Uma vez por semana, ia ao cemitério visitar mamãe – não para trocar as flores nem para chorar. Nem mesmo para conversar com ela. Simplesmente passava por ali, assim como quem passa ao lado da casa de um conhecido e pensa: "Jim mora aqui, será que ele está em casa?". Mamãe estava sempre em casa, pois o túmulo estava sempre coberto de grama.

Tentava entender por que tudo tinha acontecido do jeito como tinha acontecido. Perguntava-me se aquele verão com mamãe havia sido parte de um plano maior e, em caso positivo, de quem? Tinha dificuldade em acreditar que fosse um plano de Deus – quer dizer, do Deus polonês, pois outro eu não conhecia –, o mesmo que levara Mika e um par de luvas, que cegara vovó e que encomendara à mamãe um câncer furioso, em vez de qualquer outro que pudesse ter. Apesar de tudo, acho que o nosso verão tinha pertencido a outro mundo. Talvez àquele planeta novo sobre o qual mamãe falava, ou talvez à Wiosna.

Na segunda metade de agosto, comecei a colher ameixas. Eram muitas e suculentas, ao gosto de mamãe. A casa tinha persianas verdes de novo e, no lugar da macieira seca, que cortei, crescia uma árvore nova.

Moira veio e ficou, como resposta a todas as minhas perguntas.

76

Lembro-me de mamãe a cada dia, assim como lhe prometi às margens do oceano. Tento não mentir.

Os olhos de mamãe eram um erro

Os olhos de mamãe eram o resto de uma mãe bonita

Os olhos de mamãe choravam para dentro

Os olhos de mamãe eram o desejo de uma cega realizado pelo sol

Os olhos de mamãe eram plantações de caules quebrados

Os olhos de mamãe eram minhas histórias não contadas

Os olhos de mamãe eram claraboias de um submarino de esmeralda

Os olhos de mamãe eram conchas brotadas em árvores

Os olhos de mamãe eram cicatrizes na face do verão

Os olhos de mamãe eram brotos à espera

77

Naquela noite, não nos amamos. A manhã não estava bonita. Moira não quis ver as papoulas. O motorista não caiu no sono. O acidente não aconteceu. As pernas não se fraturaram. O sangue não escorreu pela têmpora. O amor não se perdeu. As drogas não me encontraram. O verão em que mamãe teve olhos verdes nunca acabou.

tipologia Abril
papel Pólen Natural 70 g
impresso por Loyola para Mundaréu
São Paulo, agosto de 2024